दस्तक

...दिल से दिल तक

(काव्य संग्रह)

संपादक मंडल

अनुपमा झा

संदीप गुप्ता

भास्करानन्द झा भास्कर

सुमित रंजन दास

An Initiative by आगमन कोलकाता

Sanmati

सन्मति पब्लिशर्स एण्ड डिस्ट्रीब्यूटर्स

ISBN: 978-93-88365-14-7

प्रकाशक
सन्मति पब्लिशर्स एण्ड डिस्ट्रीब्यूटर्स
बी–347, संजय विहार,
मेरठ रोड, हापुड़–245101 (उ0प्र0)
website : www.sanmatiindia.com
email: sanmati555@gmail.com
मो. 8439645104, 09997184964

प्रथम संस्करणः 2019

आवरण
RETROTEK

Disclaimer :

इस पुस्तक में प्रकाशित सभी रचनाओं की मौलिकता की जिम्मेदारी सम्बंधित रचनाकार की है। रचनाओं की मौलिकता सम्बंधित किसी भी विवाद हेतु प्रकाशक एवं संपादन मंडल का कोई भी सदस्य किसी भी तरह से जबाबदेह नहीं होगा। इस पुस्तक से सम्बंधित किसी भी विवाद का न्यायिक क्षेत्र जनपद हापुड़, उत्तर प्रदेश होगा।

दस्तक ...दिल से दिल तक

सभी को सपने देखने का अधिकार है और सभी के सपने पूरे हो, ऐसी स्नेहिल शुभकामनाओं के साथ मैं **'आगमन' कोलकाता** टीम को उनके प्रथम प्रयास के रूप में प्रकाशित साझा काव्य संग्रह **'दस्तक...दिल से दिल तक'** के लिए बहुत बहुत बधाई देता हूँ।

'आगमन' का सपना है और लक्ष्य भी कि देश में ऐसा वातावरण तैयार किया जाएँ जिसमें साहित्यिक एवं सांस्कृतिक गतिवधियों की तरफ आज की पीढ़ी का रुझान बढ़े और सभी निर्भीक हो कर लिखें, पढ़े और भाषा, साहित्य एवं संस्कृति के विकास में हिंदी एवं अन्य भाषाओं के माध्यम से योगदान दे सकें।

आज देश में विशेषरूप से युवाओं को जागरूक करने की जरूरत है, उन्हें एक नयी पहचान देने की आवश्यकता है। उनके भीतर की सृजनात्मक प्रतिभा को बाहर लाने, उसे सजाने और संवारने की जरूरत है, ये कार्य प्रोत्साहन के माध्यम से ही सम्भव है।

'आगमन' कोलकाता की प्रस्तुति **'दस्तक ...दिल से दिल तक'** के माध्यम से ये कोशिश है कि रचनाकारों के भावों को शब्दों की माला में पिरोकर सजाया और संवारा जाए। पुस्तक में त्रुटियाँ स्वाभाविक है इसीलिए अनुरोध है कि इसे विशुद्ध साहित्यिक दृष्टि से न परखें बल्कि रचनाकारों की भावनाओं की अभिव्यक्ति समझें ताकि उनका साहित्य के प्रति रुझान बढ़े और उनके मनोबल में वृद्धि हो।

प्रस्तुत है **'दस्तक ...दिल से दिल तक'** आप सभी के समक्ष सादर अवलोकनार्थ

– पवन जैन

अनुक्रमिका

अनुपमा झा

अनुपमा झा एक संवेदनशील कवयित्री, कुशल गृहणी एवं सफल शिक्षिका हैं। 'अनुनाद' उनका पहला काव्य संग्रह है। इसके अतिरिक्त, उन्होंने 'संदल सुगंध', 'काव्य कल्पना', 'लम्हों से लफ़्ज़ो तक', 'भाव कलश' आदि सहित अनेक साझा काव्य संग्रहों में रचनात्मक योगदान दिया है। अखबारों और पत्रिकाओं में उनकी कविताएँ निरन्तर प्रकाशित होती रहती हैं। शिक्षिका के रूप में कई वर्षों तक कार्यरत रहते हुये उन्होंने प्रधानाचार्या के पद को भी सुशोभित किया है। वे 'आगमन' की सदस्या के रूप में सक्रिय रहते हुए वर्तमान में 'आगमन कोलकाता' की प्रेसिडेंट के रूप में कार्य कर रही है।

जाग कविता

तू जाग कविता,
इस भारत का कर दे कुछ उद्धार।

निकाल कवियों की लेखनी से
तू ही कुछ उद्‌गार,
सुसुप्त पड़े भावों में
शब्दों से भर दे तू झंकार
तू जाग कविता
इस भारत का कर दे कुछ उद्धार।

न लिख अभी तू सौंदर्य श्रृंगार
न बातें कर मीठी चार
बन लेखनी 'दिनकर' सी
फूँक राष्ट्र प्रेम अपार
जीवित हो 'गुप्त जी' की रचना सी
फूँक जन–जन में नव संचार
तू जाग कविता
इस भारत का कर दे कुछ उद्धार।

देख मचा चहुँ ओर देश में
कहीं हाहाकार, कहीं चीत्कार
कहीं हत्या, कहीं बलात्कार
कलम की ताकत में होती धार
बन कलाम से तू हथियार
कर विसंगतियों पर अपना वार

तू जाग कविता
अब भारत का कर दे कुछ उद्धार।

'वसुधैव कुटुम्बकम' की धरती भारत
नहीं चाहिए यहाँ घृणा, द्वेष प्रसारक
गीत 'वंदेमातरम' हो यहाँ
जन जन का उद्‌गार
तू जाग कविता
इस भारत का कर दे कुछ उद्धार।

लिख जा कुछ स्वर्णिम
सूर्य सा तेज, रक्तिम
चिड़ियों की कलरव सा मधुर गान
हो जिससे इस भारत का सम्मान
कलम को बना अब तलवार
शब्दों से पैदा कर दुर्गा, चंडी का अवतार
कविता तू अपने शब्दों से फैला प्यार
नई चेतना, नव संचार
नूतन युग का कर विस्तार
तू जाग कविता
इस भारत का कर दे कुछ उद्धार
कर दे कुछ उद्धार।

संदीप गुप्ता 'दीप'

संदीप गुप्ता एक उदीयमान युवा कवि, साहित्यिक कार्यकर्ता एवं कुशल प्रबंधक हैं। 'दीप' नाम से कविता लिखने वाले वे सी. ए. के छात्र भी हैं। अपनी साहित्यिक अभिरुचि के कारण वे अभी तक अनेक साहित्यिक गोष्ठियों का संचालन, आयोजन एवं समन्वयन कर चुके हैं। साहित्यिक जगत में बेहद लोकप्रिय नाम संदीप गुप्ता, एक पब्लिक कम्पनी में कार्यरत हैं।

हो रहा है प्रेम तुमसे

हो रहा है प्रेम तुमसे,
आँखों ही आँखों में,
रजामंद है तेरा काजल भी,
बह कर मेरी यादों में।

हो रहा है प्रेम तुमसे,
साँसों के साथ में,
हर साँस ने दुआ की है,
तेरी और मेरी खामोशी में।

हो रहा है प्रेम तुमसे,
हर दिन और शाम में,
सूरज, चाँद को सजाया मैंने,
तेरे एक दीदार में।

हो रहा है प्रेम तुमसे,
तेरे हर रूप और श्रृंगार में,
खुद को पाया प्रेम की गहराईयों के बीच,
तेरी हर मुस्कुराहट में।

हो रहा है प्रेम तुमसे,
बेचैन होकर सुकूँ में,
प्रेम तो प्रेम का हो गया,
मिला जो दोनों दिल में।

बह गया सब कुछ

बह गया सब कुछ मेरा इस बरसात में,
बहा आँखों से पानी बहुत इस बरसात में,
गुजारा बहुत मुश्किल हुआ इस बरसात में,
भूखे पेट, बिना छत, बेबस हम इस बरसात में...

हम जो रहते सड़कों पर,
क्या ठिकाना बरसात में,
बसते, उजड़ते, फिर बसते,
यही सौगात हमें मिलती बरसात में...

तपिश और गर्मी से बचते बरसात में,
जिन्दगी ठहर सी जाती बरसात में,
कागज की कश्तियों जैसी हमारी जिन्दगी,
बहते, डूबते, तैरते बरसात में...

भास्करानंद झा भास्कर

भास्करानंद झा भास्कर, त्रिभाषी कवि (मैथिली, हिंदी और अंग्रेजी), लघु कथा लेखक, आलोचक और समीक्षक हैं। उनकी रचनाएं नियमित रूप से मुद्रित और ऑनलाइन दोनों रूप में विभिन्न राष्ट्रीय और अंतरराष्ट्रीय पत्रिकाओं में प्रकाशित होती रहती हैं। नेल्सन मंडेला पर उनकी एक अंग्रेजी कविता फिलीपींस के स्कूल के छात्रों के लिए निर्धारित अकादमिक पाठ्यक्रम में शामिल है।

'सूथिंग सेरेनेड्स : स्ट्रेट फ्रॉम द हार्ट' उनका प्रकाशित काव्य–संग्रह है। अंतर्राष्ट्रीय जर्नल आईजेएमएल (बहुराष्ट्रीय सांस्कृतिक साहित्य पर अंतर्राष्ट्रीय जर्नल), द एनविल (अंग्रेजी में साहित्य और अकादमिक अनुसंधान फोरम), हार्वेस्ट ऑफ न्यू मिलेनियम, द इंटरियर्स, ताजमहल समीक्षा, आईजेईएस (भारतीय अध्ययन के भारतीय जर्नल) आदि में समीक्षा एवं आलेख के प्रकाशन के साथ साथ, 'एपिटाफ्स', 'पर्पल ह्यूज', 'व्हिस्परिंग विंड्स', 'जस्ट फॉर यू, माई लव', 'हेवनली हिमन्स', 'आई एम ए वुमन', 'द सिग्निफिशेंट एंथोलॉजी', 'एम्बिलिकल कॉर्ड्स', 'ए–डिवाइन–पागलपन' (पांच खंड), 'पोएटिक प्रिज्म–2015, 16, एवं 17, 'सर्च फॉर सब्लाइम' (ऑस्ट्रेलियाई–इंडो कविता), 'शी शक्ति', 'व्हिस्परिंग हार्ट' इत्यादि जैसे कई स्तरीय काव्य–संग्रहों में उनकी कवितायें प्रकाशित हैं।

चांद और समाज

आधुनिकता की गोद में
पलते खेलते मानव
पहुंच चुका है आसमान और चांद पर
कर चुका है सैर
पूरे ब्रह्माण्ड की
प्रकृति के ममतामयी सीने को
चीरकर,
दूध के बजाय
चूस चुका है लाल लाल खून
और अट्टहास करते हुए
घोषणा करता है
कि वह आज विकसित है।

अत्याधुनिक विज्ञान के नेटवर्क में
उलट–पुलट, उलझ कर
जुड़ने के नाम पर
अलग होते जा रहे हैं सब के सब
हमारे बीच
खड़ी होती जा रही हैं
शिक्षा, प्रगति, बुद्धि, सम्पदा की लम्बी दीवारें,
आगे बढ़ने की होड़ में
रोज पीछे छूटते जा रहे हैं हम।

तथाकथित विकास के नाम पर
अविकसित हो रहे हैं हम

सभ्यता–संस्कृति, मान, मर्यादा
सामयिक, पारिवारिक, रिश्ते–नाते का बंधन
जंजीर–सा लग रहा है भारी
पूर्ण वस्त्र में सुसज्जित सुन्दरता से
नाक भौं सिकोड़कर
नग्नता का खेल देखने के
आदि हो चुके हैं हम।

समाज से कटकर
हाथ में लैपटॉप लिए इतराते छितराते
निर्जन स्थान पर
जोड़ रहे हैं खुद को एक अनजान दुनिया से,
अपने रिश्ते नातों से खुद
मुंह मोड़ रहे हैं हम।

क्या यही ज्ञान की, समग्र विज्ञान की
गहराई है, ऊँचाई है
या कि विशेष ज्ञान की है काली परछाई?
कैसी शिक्षा है कि हम आज
सभी मूल्यों, भावनाओं के प्रति
उदासीन हो रहे हैं प्रतिदिन,
पश्चिमी सभ्यता के पराधीन हो रहे हैं
भारतीय संस्कृति की नजर में
नराधम हो रहे हैं हम।

सुमित रंजन दास

कोलकाता निवासी बी.कॉम. (फाइनल) के छात्र सुमित की हिंदी एवं अंग्रेजी की 15 से ज्यादा संग्रहों में रचनायें प्रकाशित हो चुकी हैं। समाचार पत्रों/पत्रिकाओं में रचनाओं के नियमित प्रकाशन के साथ–साथ वे अनेक मंचो पर निरंतर काव्य पाठ करते हैं। 'आगमन' कोलकाता के सचिव हैं।

बुरा लगता है

तेरे होठो पर किसी और का नाम बुरा लगता है
मुस्कुराकर दिल तोड़ने का काम बुरा लगता है।

तेरे दिल में कोई और हैं यह समाचार बुरा लगता है
आँखो के सामने, तेरा उसका प्यार बुरा लगता है।

भावनाओं का मेरा यूँ कत्लेआम बुरा लगता है
तेरे जाने के बाद सूना घर–संसार बुरा लगता है।

बंद कमरे से तेरा रोने का आवाज बुरा लगता है
किसी और के मुँह से तेरा नाम बुरा लगता है।

तेरी मेंहदी में उसके अक्षर का नाम बुरा लगता है
उसके हाथों में तेरा हाथ, यह ख्याल बुरा लगता है।

मेरा बंगाल

जब तेरा गोलगप्पा फुचका बन जाये,
समझ लेना बंगाल में हो।
जब पानी पीना नहीं, खाना पड़ जाये,
समझ लेना बंगाल में हो।

जब कोइ रैली से चक्का–जाम मिले,
समझ लेना बंगाल में हो।
जब हर दूसरे दिन हड़ताल मिले,
समझ लेना बंगाल में हो।

जब माँ–माटी–मानुष का शोर मिले,
समझ लेना बंगाल में हो।
जब सरकार ही तुमको चोर मिले,
समझ लेना बंगाल में हो।

जब ईस्ट बंगाल और मोहन बगान मिले,
समझ लेना बंगाल में हो।
जब घर घर में दुर्गा माँ का गुणगान मिले,
समझ लेना बंगाल में हो।

जब गैरों से अपनो का प्यार मिले,
समझ लेना बंगाल में हो।
जब सबके दिल में हिंदुस्तान मिले,
समझ लेना बंगाल में हो।

रिंकू कुमारी

ओडिशा के ब्रह्मपुर में जन्मी, श्री उदयनाथ पात्रो एवं श्रीमती देवकी पात्रो की तीसरी कन्या तथा श्री धीरेश टाँक की अर्धांगिनी रिंकू कुमारी शादी के पश्चात रिंकू टाँक से जानी जाती हैं। वह एक योग गुरु और अपनी निष्ठा से एक गृहिणी के रूप से जानी जाती हैं। रिंकू जी अपने सकारात्मक विचारों के साथ साथ अपने सकारात्मक व्यक्तित्व के लिये भी प्रचलित हैं। वे एक मोटीवसेनल स्पीकर भी हैं। उनका उदेश्य देश और समाज में लोगों के विचारों को बदलकर उनमें छिपे गुण को बाहर लाना एवं स्वयं से प्रेम करना सिखाना है।

ख़ुद से ख़ुद की जंग

जब दिल करे कहीं खो जाऊँ
इस जहाँ से लापता हो जाऊँ
जाऊँ जहाँ कोई ना हो
बस मैं रहूँ, मेरी तन्हाई हो
किस्मत की चोट जो खाई है
गिर गिरकर हार जो पाई है
अब हिम्मत जवाब दे रही
ना जीने की चाह दे रही
अब साथ सिर्फ मेरी परछाई है
कि बस अब प्यारी तन्हाई है
बहुत लड़ चुका हूँ दम तक
खून के आँसू पी चुका हूँ हद तक
दम्भ हट सा रहा है
कलेजा फट सा रहा है
साँसें बिन मतलब ही चल रही
दिमाग सुन्न हुआ पड़ा है
सोचने समझने की ताकत मैंने खोई है
पसीना सुख रहा, सहनशक्ति भी धोई है
दिल की धड़कन शोर मचा रही
चीख चीख कर कायर मुझे पुकार रही
अमीर हूँ हैसियत से मगर
कंगाल जिगर का है ये असर
कि पागल लोग मुझे कहने लगे
कुछ होगा ना तुझसे, गालियाँ देने लगे
काँटे अब मखमल हो चुके
कि अब बातें भी चुभने लगे
तब मन में ख़्याल ये आता है

क्यों ऐसी हालत हुई, समझ नहीं आता है
खुद पर तरस जो खाता हूँ
तो फिर से प्यार उमड़ आता है
दिल एक और मौके की माँग कर देता है
पथरीला दिल अब नहर सा बहने लगता है
फिर से सोचने पर मुझे मजबूर कर देता है
सिसकते आँखों में आस फिर से जाग उठती है
ठहरे हुए जज्बात गुनगुना उठते हैं
मन का सूरज उदय होने को बेताब हो जाता है
और यारों मुझे फिर खुद से प्यार हो जाता है
लहूलुहान हुए दिमाग पर मरहम लग जाती है
और हिम्मत बाँधे आत्मा फिर खड़ी हो जाती है
फिर महा जंग का ऐलान सुनाई देता है
लड़ने को दिल फिर तैयार दिखाई देता है
लाख मुसीबतें अब मुझसे डरने लगे हैं जी
कि उनसे ही सीखा मैंने उन्हीं को हराना जी
अंत में एक बात जो समझ में आता है
वो यह कि अपाहिज तन नहीं होता कभी
इंसान मन से अपाहिज होता है
जो मन से अपाहिज हो गया
वो चलने काबिल ना रह पाता है
हारना गुनाह नहीं था कभी
जिसने डर कर कोशिश छोड़ी
गुनहगार तो वो होता है
जब जब हार का सामना होता है
मैं खुद को यूँ ही टटोलता हूँ
बस यही कारण है कि मैं
असम्भव को सम्भव करता हूँ।

मुक्ता शर्मा

पुराने विचारों के बंधे से माहौल में जन्म लेने वाली मुक्ता शर्मा सामाजिक बंधनों से कम और व्यक्तिगत जंजीरों से आजाद होने की कोशिश में एम०ए० बी०एड० कर काव्य गगन का मुक्त परिंदा बन साहित्यक सम्मेलनों में अपनी पहचान बनाने में कब कामयाब हो गई पता ही न चला। शादी के बाद मुक्ता त्रिपाठी को आत्मविश्वास के ऐसे पंख मिले कि एम०ए० हिन्दी कर सरकारी अध्यापक बन कर समाज के हीन वर्ग को आत्मविश्वास से पुष्ट करने का सौभाग्य मिला। बहुत अधिक सम्पन्न नहीं मगर संतुष्ट मुक्ता काव्य प्रेम का रसपान करती हुई हिन्दी साहित्य की सेवा में जुटी हुई है।

तीन पुस्तकों और 'गुलिस्तां' काव्य संग्रह में योगदान दृष्टिगत होने वाले हैं।

स्पर्श

ऐ माँ! तू रोज कहानी सुनाती है
आज तू कुछ और सुना
चल आज तू मुझे अपनों से बचने का गुर सिखा
सुनाना है तो सुना मुझे,
बताना है तो बता मुझे,
कि करूं मैं कैसे स्पष्ट?
अपने और पराऐ और
अच्छे–बुरे का स्पर्श
कुछ स्पर्श मिर्ची से तीखे
कुछ स्पर्श बिजली के झटके
कुछ ऐसा जो तेरी कहानियों में न था
कुछ ऐसा मेरी–तेरी सोच से परे
या डरती, हिचकचाती थी
इसलिए शायद नहीं जाती थी
पर माँ कसम से, अगर तूने मुझे समझाया होता
तो मैं न घबराता, मैं बनती साहसी
कि मैं मारूं चीख,
मैं भागूं कि बचा लेगी मेरी माँ
मेरे साथ है मेरी माँ
काश! पिता जी भी सपनों से दूर
सच्चाई का पाठ पढ़ाते तो
मैं भी अपने लक्ष्य को पाती
डाक्टर की डिग्री लेने कालेज में जाती
दुश्मन से लेती लोहा, आफिसर्स बन पाती
विद्यालय, घर, बस, रिक्शे, गली–कूचे मे रहने वाली

राक्षस जाति को पहचान पाती
यह क्या हुआ? रंगों की होली खेलते–खेलते
क्यों यह मेरे खून से होली खेली गई?
क्यों नोच के मेरे पंखों को मेरी उड़ान रोकी गई?
माँ अब अगले जन्म में यह सब पाठ
तू मुझे पहले ही बता देना
गर्भ में ही यह घुट्टी पिला देना
मेरे दादू, मेरी दादी
मेरे भाई, मेरी दीदी
सबने हर आंच से मुझे बचाया था
पर कभी इस आग के बारे में न बताया था
तो अब माँ तू अपना फर्ज निभाना
अपनी सखी हर माँ को समझाना
उनके संग बैंठे, व्यवहार पर रखें नजर
बच्चों के मन को जानें
बीमारी है या है कोई बहाना
इस अर्थ को समझें और सच्चाई जानें
पूछते रहें, रहें सतर्क
बच्चों को रहें समझाते
यूँ अपना फर्ज निभाएँ
स्कूल भी रहे परखता अपने नियमों को
सरकारें भी कुछ ठोस कानून बनाएं
इन क्रूर नजरों को निकालने
उन हाथों को काटने
ऐसे पत्थर दिलों को चौराहे पर
मारने की सजा सुनाएं
माना कि नियम है यह जंगल का
तो समझाओ कि वह कहाँ के इंसान थे?

नेहा त्यागी 'नेकाश्वनि'

नेहा के भाव इनकी कविताओं में झलकते है और मन उन्मुक्त पंछी सा उड़ता रहता है। इन्होंने आशा, दुःख, सुख, देशभक्ति, प्यार, विश्वास, छल, नारीत्व, अहंकार, ग्लानि इत्यादि को प्रेरणा का स्त्रोत माना है। यह सोचती है कि इनके जन्म का उद्देश्य ही साहित्य की दुनिया से जुड़ना था। बचपन से ही लिखती थी। ज्यों ज्यों बड़ी होती गयी और जिंदगी के हर पहलू की समीक्षा करने लगी, लिखने के अन्दाज में भी बदलाव आता गया। यूँ ही नहीं लिख पाती जब तक हृदय को कोई भाव स्पन्दित नहीं करता है। कई बार एक कविता लिखने में महीनों लग जाते हैं और कई बार कुछ दिन ही काफी होते हैं मन में उमड़ते ख्यालों को सहेजने के लिए।

सुन रे पत्थर

सियासी खेल का मोहरा बना होगा तू मगर,
कौन अपना है कौन नहीं, क्या जानता है रे पत्थर?
एक बात बता तेरा दोस्त इजाजत दे तुझे अगर,
क्या वो जानता है तेरा मजहब, तेरा देश, तेरा नगर?
गर वो है तेरा अपना तो जिसे लगा वो पराया तो नहीं,
देश एक है तो किसी एक ने कमाया तो नहीं,
कैसे बहा देता है नदियाँ लहू की वादियों में तू?
क्या इसी मिट्टी का जाया है या कहीं और से आया है तू?

बंद कमरों में तेरा मोल किया जाता है,
कौन है अगला निशाना, ये बोल दिया जाता है,
क्यूँ ना उसी वक्त कहने वालों की तू आँख फोड़ देता है?
क्यूँ ना खुद–ब–खुद साजिशों का तू रुख मोड़ देता है?
प्यार जिसको है वतन से वो तो कफ़न ओढ़े रहता है,
वो तो तेरा दोस्त है जो हरदम तेरे पल्लू में छुपा बैठा है,
नकाब पहनकर निकलता है छुपता छुपाता घर से,
कोई सरहद पे तो भेजे उसे, बड़ा शेर बना फिरता रहता है,

चल अपने शेर से बोल कि अपनी अकल के घोड़े दौड़ाएँ,
और जो उस पर हुकुम चलाते हैं उनके चक्कर में न आएँ,
वरना मुँह की खाएँगे या जेल की जनसंख्या बढ़ाएँगे,
और भारत माँ के वीरों को तो छू भी नहीं पाएँगे,
कह दे अब भी समय है हट जा पीछे वरना ऐसा कुछ हो जाएगा,
देशद्रोह का कलंक लगेगा या वो सीधे ऊपर जाएगा,
बात मेरी ले मान छुड़ा के भाग ले इससे पीछा तू,
नहीं तो जिस मिट्टी ने पाला है, एक दिन उसी में मिल जाएगा।

लिख दूँ

सोचती हूँ कि आज मैं दिल की हर बात लिख दूँ,
नींद को ले गए हैं जो वो ख़यालात लिख दूँ,
नहीं था इल्म कि मैं शायरा बन जाऊँगी एक दिन,
किस कदर बदले हैं मेरे हालात, मैं लिख दूँ.....

यूँ तो जीती थी किसी बुत की तरह मेरे शहर में,
लफ़्ज़ बहने को थे बेताब जो मायूस थे मुझमें,
बज़्म मेरी थी मगर भीड़ में गुम हो रही थी मैं,
कैसे हो पायी मेरी खुद से मुलाकात, मैं लिख दूँ.....

चीखती थी रुह मेरी, जुबां खामोश थी कब से,
यूँ तो हरदम मुस्कुरा के मिला करती थी सब से,
रक्स था, रफ्तार थी, थी रिवायतें भी मगर रूहानियत कहाँ।

नीरज कुमार

कविता, कहानी और ग़ज़ल लेखन में रुचि, पठन और पाठन में रुचि, सक्रिय लेखन। विगत कुछ वर्षों से कुछ प्रमुख रचनाएँ – 'तेरे संग गुजरा वो जमाना', 'एक कल्पना भारत', 'जब हम मिलेंगे प्यार से', 'चंद पल की थी अपनी कहानी', 'मंजिल तुझे बुला रही देख' आदि।

तू जग से प्यारी है माँ

तू जग से प्यारी है माँ, सुन्दर और तू न्यारी है माँ
जब मैं छोटा बच्चा था तब तेरा गुस्सा करना,
था लगता मुझको बुरा माँ
अब चाहता हूँ तू गुस्सा कर,
अब तेरी डांट सुनने को जी चाहता है माँ
तुम पर मेरा गुस्सा करना, था ये सब ना समझी माँ
लेकिन तेरा मुझको कैसे भी मनाना, होता था ये बारम्बार माँ
भगवान ने तुझको है बचाया मेरे लिए बारम्बार माँ
वो सब दिन याद है माँ जब होती थी तू बीमार
सहम जाता हूँ आज भी माँ जब होती है तू बीमार
तू जग से प्यारी है माँ सुन्दर और तू न्यारी है माँ

माँ तू तो बहुत अनमोल है तेरा कोई तौल नहीं माँ
पता मुझे बहुत बाद चला वो सब था ना समझी माँ
हाँ वक्त बहुत ज्यादा लगा ये समझने में मेरी माँ
काश! मुझे समझ आ जाती जल्दी, तो ना करता वो गलती माँ
तू कितनी दया वाली है जो मुझे सहते सहते यूँ रह गयी माँ
तुमने मेरी गलती को अपने गले से है लगाते रह गयी माँ
गलती जो कर गया हूँ मैं भुला देना उस गलती को माँ
तू अनमोल है इस जहाँ में, एहसास नहीं था मुझको माँ
तुझे रुलाया कितना मैं माँ काश मुझे मिल जाती सजा माँ
अब ना रुलाऊंगा तुझको मैं जब तक साँस चलेगी माँ
तू जग से प्यारी है माँ सुन्दर और तू न्यारी है माँ

अफसोस मलाल उस बात का है जब तीखी बातें करता था माँ

बिल्कुल भी समझ नहीं था अनजाने में तीखी बातें करता था माँ
तूने सहा है कितना दुःख माँ, सब कुछ आज भी याद है माँ
अब तू कुछ ना सहेगी माँ, तेरे बदले में मैं सब सहूंगा माँ
कितना मैं था जिद्दी, सब जिद्दी को अपने सर तू उठायी माँ
रिश्ता फर्ज निभाते–निभाते, तू तो बहुत थक गयी होगी माँ
तेरी आँचल का वो प्यार सदा ही याद रहेगी मुझको मेरी माँ
जब तक सांस चलेगी तब तक हर आह में याद आओगी माँ
तू जग से प्यारी है माँ सुन्दर और तू न्यारी है माँ

जब–जब दर्द होता है तो पहले याद तू ही आती है माँ
खुद ना खा के मुझे खिलाती ऐसे ही अस्मित प्यार करती है माँ
माँ नाम का मोल बहुत है ऐसे ही अनमोल नहीं है कोई भी माँ
वो बालपन का नटखट और तुझसे जो किया था झटपट माँ
अब बहुत ही याद है आता, जी चाहता फिर से बच्चा बन जाऊं माँ
तेरी असीम प्यार और निःस्वार्थ स्नेह, नहीं है ऐसा इस दुनिया में माँ
बेशक वो प्यार आज भी मिलता है पर
जिम्मेदारी ने कंधों को झुकाया माँ
जब था मैं छोटा बच्चा तो किसी जिम्मेदारी का बोझ नहीं था माँ
जब से संभाला खुद को मैं जी चाहता है फिर से बचपन जीने को माँ
अब ना रुलाऊंगा तुझको कभी, जब तक साँस चलेगी माँ
तू जग से प्यारी है माँ सुन्दर और तू न्यारी है माँ।

रीना वशिष्ठ

रीना वशिष्ठ, उम्र से छोटी है मगर हौसले इनके बुलंद हैं। अपने तजुर्बे से हर दिन बहुत कुछ सीखती जा रही है, जीवन के भविष्य रूपी सागर से। रहती तो है यह दिलवालों के शहर में हैं। शायद यही वजह है कि यह जो लिखती हैं दिल से लिखती हैं। वनस्पति विज्ञान की छात्रा है मगर अपने विषयों से ज्यादा जज्बातों पर लिखती हैं। जो सामने देखती है बस उस पर लिख जाती है अपनी कविता।

ऐ जिंदगी

खुद को समझने की कोशिश में खुद को आजमा रहीं हूँ
ऐ जिंदगी मैं रोज तेरे और करीब आती जा रहीं हूँ

किस्से कहानियों की दुनिया में खुद को उलझा रहीं हूँ
आजकल खुद को सच से रूबरू कराती जा रहीं हूँ।
अपने से लगने वाले हर शख्स को समझा रहीं हूँ
अनजानों की दुनिया में गुमनाम सी खोती जा रहीं हूँ
खुद का कहा खुद से लिखवा रहीं हूँ
चुप होकर आज मैं खुद को दफनाती जा रहीं हूँ।
तेरे आगे खुद को आज ऊँचा उठा रहीं हूँ
माँ के आगे सजदे में सर झुकाती जा रहीं हूँ

हौसलौं को अपने आज नयी उड़ान सिखा रहीं हूँ
ऐ जिंदगी मैं रोज तेरे और करीब आती जा रहीं हूँ।

खुद की बनायी बंदिशों को आज खुद से तुड़वा रही हूँ
उलझी सी जिंदगी को बेमन से सुलझाती जा रही हूँ
चुप रहकर आज भी मैं खुद को कमजोर कहलवा रही हूँ
आजकल खामोशी को अपना हथियार बनाती जा रही हूँ
खुद पर यकीन अब कहीं अंधेरों में गँवा रही हूँ
रिश्तों पर भरोसा दस्तूर ये अब निभाती जा रही हूँ
सब साथ है मेरे यह पाठ खुद को सिखला रही हूँ
अकेले चलने के हुनर को भी अपनाती जा रही हूँ
अपनी रंजिशों की दुनिया से खुद को निकलवा रही हूँ
अपनी हँसी से आज मैं सबको हँसाती जा रही हूँ

खुश रहने के तरीके मुस्कुरा कर सबको बता रही हूँ
ऐ जिंदगी मैं रोज तेरे और करीब आती जा रहीं हूँ।

सवालों के घेरों से मैं खुद को बचा रही हूँ
जवाबों को ढूंढने की कोशिश करती जा रही हूँ
आसानी से समझ आ जाऊं ऐसा खुद को बना रही हूँ
खुद के लिए ही अनसुलझी पहेली बनती जा रही हूँ
रोते हुए अश्कों को थामना सबको सीखा रही हूँ
और मैं पागल खुद के लिए ही रोए जा रही हूँ
सपनों तक पहुंचने के रास्ते बना रही हूँ
अनजान रास्तों से भी डरती जा रही हूँ
उम्र छोटी सही पर हौसले बुलंद बना रही हूँ
तजुर्बे वाली जिंदगियों से बहुत कुछ सीखती जा रही हूँ

खुद को समझने की कोशिश में खुद को आजमा रहीं हूँ
ऐ जिंदगी मैं रोज तेरे और करीब आती जा रहीं हूँ।

मोनालिसा चटर्जी

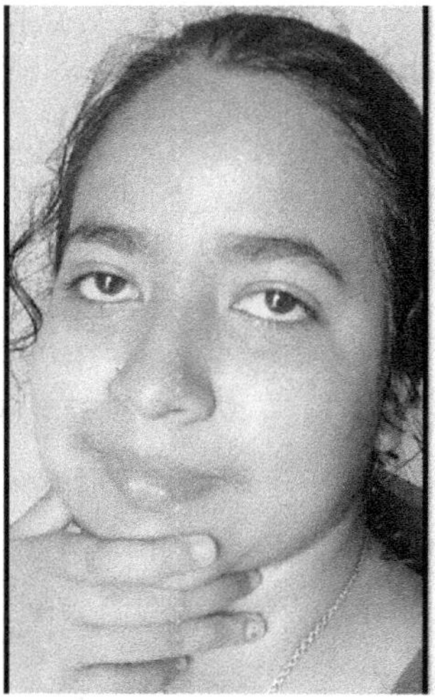

वाराणसी में जन्मी मोनालिसा चटर्जी एक बांग्ला भाषी परिवार से हैं, जिनकी रूचि बचपन से ही हिंदी में थी। हमेशा हिंदी की प्रतियोगिता में भाग लेना इनकी आदत थी। इसलिए हिंदी से ही मोनालिसा अभी स्नातकोत्तर की शिक्षा ग्रहण कर रही है। उनके अनुसार कविता लिखना उनकी पिछले 5 साल से आदत बन गई है। हिंदी की शिक्षिका बनना ही इनका लक्ष्य है।

वर्तमान में मोनालिसा एक वेबसाइट में हिंदी शिक्षिका के रूप में कार्य कर रही है।

मेरे दो अनमोल रत्न

जीवन तो अनमोल है ही
इसमें न कोई शक है और
न ही कोई तर्क
मेरे जीवन को और अनमोल बनाया है
दो अनमोल रत्न ने
एक संगीत और दूसरा साहित्य
संगीत ने मेरी हर हार को जीत में बदला है और
साहित्य ने मेरी जीत को
हीरे मोती जैसा कर चमकदार बनाया है
संगीत के बोल प्रेरणा देते हैं और
साहित्य जीवन के यथार्थ को
कलम से लिखने की प्रेरणा
मैं संगीत और साहित्य दोनों को
किसी अनमोल रत्न से कम नहीं मानती हूं
इसलिए यही है मेरे दो अनमोल रत्न।

कलयुग

हो रहा है अत्याचार इस घोर कलयुग में
बेटा–बेटा करके जिस माँ ने बेटे को ज्यादा प्यार दिया
आज उसी बेटे ने माँ को घर से बेघर कर दिया

हो गई छत विहीन बेटे के होते हुए भी
पल भर सोच ही नहीं पाई कि कहां जाएं और क्या करें
माँ को तब ख्याल आया अपनी बेटी का
जिसके अरमानों को बेटे के लिए करती थी नष्ट
गई सांसरे अपनी बेटी की माँ और फूट–फूटकर बेहद रोई माँ

बेटी माँ के दर्द को समझ गई और बहुत प्यार की अपनी माँ को
माँ को भी गलती का एहसास हुआ और उसके हाथ जोड़ने से पहले
बेटी ने उस हाथ को सर पर आशीर्वाद के लिए रखते हुऐ बोला
'हर इंसान प्यार का भूखा होता है।'

आप भी अपनी बेटी से प्यार कीजिए उनको ठुकराया न करें।

डॉ. सोनिल सिंह

डॉ. सोनिल सिंह के अनुसार उनको वैसे तो लेखन का बहुत ज्ञान नही है, पर पढ़कर सुकून मिलता है और उस से भी ज्यादा सुकून लिख कर मिलता है। अपने मन मे आए भावों को यूँही लिख सुकून पाती हैं।पेशे से एक फिजियोथेरेपिस्ट हैं। गुरूग्राम में अपने डॉक्टर पति और 4 साल के बेटे के साथ हँसी खुशी अपने लिखने की चाह को एक मुकाम देने की कोशिश में लगी हुई हैं। उन्होनें अपनी लिखी हुई कविताओं में से, यहाँ जो प्रेषित की हैं वो उनके दिल के बहुत करीब हैं।

बोलते रंग

बोलते हुए रंगों में से
एक रंग है तेरे मेरे इश्क का
वो रंग जो इन परीक्षाओं में तप कर
और भी गहरा होता जा रहा है
वो रंग जो हमारे आपसी समझौतों से
दूध से श्वेत हो गया है
वो रंग जो हमारी रुमानियत पर
इश्क बन गुलाबी सा छा रहा है
वो रंग जो गम में, दुखों में
काले बादलों सा बन सता रहा है
वो रंग जो ले आया है
नया बसंत, एक लाल के रूप में
वो रंग जो स्वर्णिम यादों को
सुनहरा बनाने की है तैयारी में
बहुत से रंग हैं मेरी जिंदगी में
कुछ हैं बोलते हुए रंग
सिर्फ तेरे संग
और
हर रंग का एक
नया प्रसंग
लेकिन
सिर्फ
तेरे
संग.....

अनाथ

वो रोती रही,
नहीं कोई वहाँ
न कोई उसकी कहानी
किसको कहती माँ वो छोरी
छोड़ गई जिसे कचरे में
उसकी माँ या नानी?

उठा ले गई एक दूजी उसे
जिसे प्रभु ने कहलवाया बांझ
बना लिया उस छोरी को
दूजी ने अपनी सुबह और सांझ

जिस दिन छोरी ने माँ कहा
वो दूजी बन गई न्यारी
और उस छोरी के लिए
उसकी माँ ही सबसे प्यारी

माँ–बेटी की टोली खेले
पढ़े–लिखे और मौज करे
जितने भी थे उस माँ को दुख
एक बेटी ने आकर दूर करें

पूछा कई बार बेटी ने
माँ मेरे पिता कहाँ हैं?
लाडो तू है छोटी रानी
बहुत सी बातों से तू अंजान है
पढ़ी–लिखी पहचान बनाई
कराया कॉलेज में माँ का सम्मान
जानी न, समझी कभी वो
अपनी असलियत,
अपनी सच्ची पहचान

उस विधाता को रास नहीं
प्रेम और प्यार की गति
इतने साल जो कभी न आया
भेज दिया आज वो पति

बता दिया उस नन्ही कली को
सुन छोरी! तू है एक अनाथ
थी, है और रहेगी ये औरत
हमेशा बांझ
इसलिए ही छोड़ा था
मैंने इस अबला का साथ

रोई बहुत वो छोरी फिर से
पर अब उसकी एक कहानी है
माँ थी, माँ है और रहेगी ये बात
उसने बस मानी और जानी है।

अनुरुपा 'अक्षुण्णया'

लेखन इन्हें विरासत में मिला। शौकिया तौर माँ, पिताजी, दीदी भैया सब लिखते हैं और अगली पीढ़ी भी लेखन का प्रयास करती है। हालाँकि यह किसी प्रकार की शैली नहीं जानती बस लेखन शौक, लेखन मेरी पूजाः–

'यूँ तो अभी लिखना शुरू किया है,
सपनों को अपने आकाश कि ओर उछाल दिया है।
कोशिश है छोटी सी, थोड़ा सा होंसला किया है,
जाना है बहुत दूर, अभी तो सफर शुरू ही किया है।'

एक गृहणी, एक माँ, एक बहू, एक बेटी और एक पत्नी हैं। अंग्रेजी साहित्य में स्नातक परंतु राष्ट्रीय भाषा हिंदी में अधिक लेखन का प्रयास करती हैं।

रुदन

सूनी पड़ी थी सारी गलियां, बस स्टैंड भी सूना पड़ा था,
एक घर से शहर के चौराहे तक जमावड़ा बड़ा था,
तूफान से पहले की शांति ने पूरा शहर सुन्न कर रखा था,
घर के अंदर का हाल तो और भी भयावह था,
एक ओर बूढ़ा पिता अपनी पगड़ी गवाएँ बैठा था,
माँ का तो रो रो कर हाल बुरा था,
विधवा भाभी अपने बच्चे को संभाले या खुद को,
यह प्रश्न उसके सामने मुँह खोले खड़ा था,
बहन भी राखी का डिब्बा थामे थी,
अश्रु का सैलाब उसे जकड़े खड़ा था,
दूर जब गई अक्षुण्णया की नजर,
एक पलंग पर लाल जोड़ा रखा था,
पास बैठी कोमल सी, नाजुक सी कली
जिसके हाथ चूड़ा पड़ा था,
इतनी देर में बाहर उद्घोष हुआ,
वन्देमातरम और भारत माता की जय का
जोर जोर से घोष हुआ,
पिता थोड़ा लड़खड़ा गया,
माता का सीना फट पड़ा मानो
उसके दुग्ध में भी फिर से धार आया,
अंदर से एक जोर से चिलनाद आया,
चूड़े का एक टुकड़ा चिटक कर बाहर आया,
बूढ़े बाप के कंधों पर आज तिरंगे में
लिपटा हुआ, उसका बेटा आया।
चिता को दूं अग्नि या खुद आत्मदाह कर लूं

आज उस पिता के मन में विचार आया,
फख्र से सीना चौड़ा होता जरूर है,
पर किसने क्या खोया यह कोई नहीं पूछता हजूर है,
इतनी ही देर में भाभी बिट्टू को गोद में लिए आई,
पिता को संभाला और साथ ही एक ऐलान लाई,
यह बड़ा होकर देश की शान बनेगा,
अपने पिता और चाचा की आन बनेगा,
यह सुन टूटे हुए पिता में जान आई,
सबके होंठों पर मुस्कान लाई,
ऐसा ही तो होता एक फौजी का परिवार है,
होता एक शहीद है,
तो दूसरा भी होता देश पर मरने मिटने को तैयार है।

दीपक कुमार

बाल्य काल से ही कविता में रुचि। स्कूल के दिनों से ही काव्य पाठ मे अत्यंत रुचि और इस कारण स्कूल में कई बार सम्मानित भी किया गया। अपनी भावनाओं को शब्दों में पिरोकर एक कविता के रूप में सजाना और लोगों के सामने प्रस्तुत करना ही इनके जीवन का लक्ष्य है।

ऐ वक्त

ऐ वक्त तू आगे ही बढ़ता क्यों चला है जा रहा?
थोड़ा रुक जा थोड़ा थम जा, मेरा सनम है आ रहा
वक्त से बेवक्त होने में उसे आनंद नहीं,
पर न जाने इस वक्त क्यों, वो वक्त का पाबन्द नहीं?
लगता है, इस मिलन की वक्त मे वो वक्त से शरमा रहा,
आ रहा, वो आ रहा, वो चला है आ रहा.....

ऐ वक्त तू तो ये बता, सुनता है तू किसका कहा?
किसकी मर्जी से तू आगे बढ़ता ही चला जा रहा?
क्या तू किसी की सुनता भी है? या बस मानता अपना कहा
जा रहा, बस जा रहा, बढ़ता चला ही जा रहा.....

अगर तू किसी का सुनता है तो नाम तू उसका बता,
मैं जाऊंगा, वहाँ भी जाऊंगा, जाऊंगा उसकी पनाह
मांग लाऊँगा मैं उससे तेरे रुकने की वजह
रोक दूंगा मैं फिर तुमको बस यही, इसी जगह
देखता हूँ मैं फिर आगे कैसे तू जाएगा?
तू आगे तभी बढ़ेगा, मेरा सनम जब आएगा

ऐ वक्त तू मेरे सनम पे मेरी तरह एतबार कर,
थोड़ा रुक जा, थोड़ा थम जा, इंतजार कर, तू इंतजार कर
नुकसान तेरा जो भी होगा तेरे रुकने की वजह,
गुनहगार तेरा रहूँगा, चाहे देना जो सजा
पर फिर भी न जाने क्यों, तू बढ़ता ही चला जा रहा
मेरी विनती सुन ले तू, उपकार होगा तेरा बड़ा

थोड़ा रुक जा, थोड़ा थम जा, मेरा सनम है आ रहा
आ रहा, वो आ रहा, वो चला है आ रहा......

सोच सको तो सोच लो

सोच सको तो सोच लो, यही सोच पर आफत आई है
आजाद सोच, आजाद मन, आजादी ललकार लगाई है
एक साथ हो, एकजुट होकर, तुम्हें आवाज उठाना होगा
जनमानस से अनुरोध है मेरा, तुम्हें फिर से शोर मचाना होगा.....

कुछ अंधे है, कुछ बहरे है, कुछ सत्ता के दलाल है
उन सब को समझाना होगा, कि अपनी ताकत भी विशाल है
उन अन्धों को फिर से हमें अपना जोर दिखाना होगा
उन बहरों को फिर से हमे अपना शोर सुनाना होगा
उन सत्ता के दलालों को हमें सत्ता का मतलब समझाना होगा
जनमानस से अनुरोध है मेरा, तुम्हें फिर से शोर मचाना होगा.....

एक लक्ष्य था, एक लक्ष्य है, कि हम अपने भाग्य विधाता है
यही मंत्र था, यही गूंजेगा, कुछ और हमें न भाता है
यहाँ वहाँ हर बच्चा बच्चा इसे एक सुर में गाता है
तो थोड़ा जोर लगा के, शोर मचा के, हमें यही लक्ष्य दोहराना होगा
जनमानस से अनुरोध है मेरा, तुम्हें फिर से शोर मचाना होगा.....

तो आओ फिर, तुम बिना देर के, ये समय बड़ा निर्णायक है
इस समय के चलचित्र के, हम ही इसके नायक है
भविष्य सँजोये रखने को तुम्हें फिर इतिहास दोहराना होगा
जनमानस से अनुरोध है मेरा, तुम्हें फिर से शोर मचाना होगा।

अभिषेक कुमार

मूल रूप से बिहार निवासी अभिषेक वर्तमान में बेंगलुरु में सॉफ्टवेयर इंजिनियर हैं। लेखन में बचपन से ही रुचि रही है।

तुम्हें याद तो आता होगा ना

जब अपनी घनी घनी जुल्फों को उलझा सा देखती होगी तो
मेरे दिल का यूँ उलझ जाना याद तो आता होगा ना...

सातों जन्मों के वादे करके जब सात फेरे किसी और के साथ लिये होंगे तो
मेरे किसी एक फेरे में मेरे साथ चलना याद तो आता होगा ना...

रात को जब कभी तकिये पर सर रखकर सोती होगी तो
उस स्याह रात्रि में मेरे हाथों पे सो जाना याद तो आता होगा ना....

जब उसके साथ झूठे कसमें वादों को करने की कोशिश कर रही होगी तो
मेरे साथ लिया एक वो अधूरा सा लेकिन सच्चा वादा याद तो आता होगा ना...

जब अपने पिता के काँधे लगकर उस रात रोयी होगी तो
उस रोने में मेरे साथ रोना भी याद तो आता होगा ना...

जब जब मेरे प्रेम को भूलने की कोशिश करती होगी तो
उस कोशिश की याद में 'हमारा प्रेम' याद तो आता होगा ना...

बोलो ना मेरा साथ... मेरा वो एहसास कुछ तो...
कुछ तो... याद तो आता होगा ना...

अब बेमानी सा होगा

जिंदगी की इन राहों में तुम्हारे निशां ढूंढना
अब बेमानी सा होगा...

तुम्हारे पास न होने पर भी तुम्हारी ही आस करना
अब बेमानी सा होगा...

तेरा जिक्र आते ही फिर से तुम्हारी फिक्र करना
अब बेमानी सा होगा...

तुम्हारे किस्से को किसी और के हिस्से में देखना
अब बेमानी सा होगा...

नम सी आँखों से अब हँसने की कोशिश करना
अब बेमानी सा होगा...

तुम्हें खोने के बाद अब किसी और की हसरत रखना
अब बेमानी सा होगा...

तुम गैर हो अब मेरे फिर भी तुम्हें अपना समझना
अब बेमानी सा होगा...

सब कुछ बेमानी सा होते हुए भी
तुझे बेईमान ना कह पाना
अब बेमानी सा होगा....

ज्योति झा

हिंदी में एम. ए. कोलकाता निवासी ज्योति को काव्य लेखन में बचपन से रुचि रही है। वे विभिन्न साहित्यिक मंचो से निरन्तर काव्य पाठ करती हैं।

फेरी वाली

कोलकाता का वो हावड़ा स्टेशन
हावड़ा स्टेशन की वो लोकल ट्रेन
ट्रेन के पीछे भागती हुई जिंदगी
जैसे कर रही हो कोई कम्पिटीशन
कम्पिटीशन मे दम तोड़ना हो
यहाँ जैसे फैशन।

बहुतेरो के इसी भीड़ में,
लाखों के इसी शोर में,
एक और जिंदगी जिसने,
स्टेशन पर आती जाती ट्रेन को
बनाया अपना घर हैं
कद से लम्बा–चौड़ा
कुछ बेचता हुआ, फेरी वाला
नहीं–नहीं फेरी वाली
यहाँ मात्राओं का ही सिर्फ हेर–फेर नहीं,
अब अस्तित्व पर उसके उठ रहा प्रश्न है।

आंखे मिचौली, फिर से देखी, स्वयं को थामी,
ये क्या? ये तो लड़की ठहरी
मन में उठ रहे कई सवाल है,
लेकिन
सवालो के जवाब उसके पास हैं,
आखिर क्यों उसे स्त्रीत्व से परहेज है
आखिर क्यों पुरूषत्व के लबादे से

छिपाया अपना अस्तित्व हैं?
आखिर क्यों?

आँखों ने ही आँखों मे उठ रहे प्रश्नों को भाँपा,
ना जाने फिर क्यों पीठ दिखाई,
दूसरे ही पल,
ठहर गई और
सहमते हुए कदम उसके मेरी ओर,
और कहती हैं,
मुझे नहीं कोई स्त्रीत्व से परहेज है,
परहेज उन घात लगाए हुए,
आदमियत मे छिपी उस भेड़िये से हैं,
जो बिना छूए ही नोच जाता स्त्रीत्व को
और उन सब से हैं परहेज जो
मुझे अपने परिवार का पेट भरने में करती असमर्थ हैं

हाँ इसीलिए, हाँ इसीलिए,
मैंने बदल ली अपनी पहचान हैं।

ममता कुमारी

हिन्दी एवं अंग्रेजी में समान लेखन करने वाली ममता कुमारी मानवीय संवेदनाओं की भावप्रवण कवयित्री हैं। वे कुशल मंच संचालिका, प्रेरक वक्ता, अनुवादक एवं सम्पादक भी हैं। राष्ट्रीय एवं अंतर्राष्ट्रीय स्तर पर कई पुरस्कारों की विजेता ममता के अनेक शोधपत्र विभिन्न पत्र–पत्रिकाओं में प्रकाशित हैं। वे तिलका माँझी भागलपुर विश्वविद्यालय, भागलपुर में शोधरत हैं एवं रांची में अध्यापन कार्य कर रहीं हैं।

मान का मान

माना कि मैं मान गई सब
कह दो क्या–क्या मानें अब?
मन में मन–ही–मन ना जाने
क्या–क्या मान बैठे हैं जब
सिर्फ मानने–मनाने पर ही
टिका हमारा मान नहीं,
जब हो श्रेष्ठ निज मान कहीं
रह जाता वहाँ द्विज मान नहीं
मान का मान है बढ़ता तब
मन के मान का भान हो जब,
मैं मानू या तुम मानो अब
मन ने तो है मान लिया सब
मन–मंदिर में मातंग–सा
मन का मचलना ठीक नहीं,
मौनव्रत यह मन का मेरा
तेरी नजर में खेल सही
कहा ना अब तक पूछा ही कुछ
थी क्या आखिर भूल हुई?
मैंनें ही लो मान लिया अब
मैं ही थी वह 'भूल' तेरी।

प्यासा मेघ

मेघ घुमड़ते साथ में लाए
झर झर झड़ते
निर्झर पानी
सजल नैन भी आस लगाए
बैठे थे मानो ये ठानी
साथ बैठेंगे,
बात करेंगे
समय–ताल में हँस–हँस कर
दोनों निर्झर गिरते रहेंगे
गहराई तो दोनों की ही
है ना किसी ने
अब तक जानी
फटता है जब वो
उस नभ में
गिरता बन बारिश का पानी
फटता है जब यह
इस उर में
गिरता बन नयनों का पानी
मीरा प्यासी प्रेम दीवानी।

अरुणिश अंकित 'गुलमोहर'

बिहार की राजधानी पटना में 1996 में जन्मे अरुणिश अंकित का साहित्य में यह पहला प्रयास है। अरुणिश ने अपनी स्कूली शिक्षा संत जेवियेर्स स्कूल, पटना से की है। जहाँ विद्यालय ने साहित्य में रूचि और लेखन–कार्य की सराहना करते हुए विनीत गुप्ता मेमोरियल अवार्ड (2012) देकर प्रोत्साहित किया। विद्यालय में कला और मंच से भी जुड़े रहे हैं। अभी ये **KIIT**, भुवनेश्वर में स्नातक (बैचलर ऑफ टेक्नोलॉजी, अंतिम वर्ष) के छात्र हैं। कॉलेज के प्रारंभिक वर्ष में छात्र–ग्रुप से जुड़कर नुक्कड़ लेखन भी किया। शुरुआत के दिनों में कविता इनका शौक हुआ करती थी पर इन दिनों ये लेखन में अपना भविष्य बनाने को लेकर खासे उत्साहित हैं।

जिन्दगी

मेंड़ से गुजरती है, जुल्फ सी बिखरती है
ऐ जिन्दगी आ तुझे रेशमी सूत सा संवार दूँ,
होठों पर सजा लूँ, तुझे हँसकर गुजार दूँ।

राग सी मचलती है, ज्वार सी उफनती है
आ जरा ऐ जिन्दगी, तुझे जरा निहार लूँ,
सीने से लगाकर तुझे नित नई बहार दूँ।

मेघ सी उमरती है, एक जान यूँ तड़पती है,
आ मेरे करीब आ, तुझे जरा आराम दूँ,
इस चिलचिलाती धूप में, एक नई फुहार दूँ।

याद एक बिसरती है, आग एक सुलगती है,
आ जरा ऐ जिन्दगी, तेरी सोच को आकार दूँ,
इक नया मुकाम दे, वीरानियाँ निखार दूँ।

यौवन सी बहकती है, इत्र सी महकती है,
आ अभी तू छोटी है, तुझे जरा विस्तार दूँ,
रास्ते तुझे दिखाऊँ, तेरी मंजिलें पुकार दूँ।

यूँ ना मजा दो मुझे

जो चाहे मुकम्मल सजा दो मुझे,
पर मेरी जिन्दगी से मिला दो मुझे,
है ये दोष किसका किसे अब बताऊँ,
गुनाहों का यूँ ना मजा दो मुझे।

काली स्याही सी रातों में बेसुध पड़ा हूँ,
जो चाहो तो आकर जगा दो मुझे,
चाहतों को यूँ मेरी सहारा जरा दो,
मेरे खोये से दिल का पता दो मुझे।

मदिरा के सारे प्याले टूटे पड़े हैं,
अश्कों का अपने नशा दो मुझे,
बेरुखी सी बड़ी है साँसों में मेरे,
गहरी साँसों में अपने फँसा दो मुझे।

सजदा तेरा किया है झुका हूँ मिटा हूँ,
तोहफे में तो अब ना गिला दो मुझे,
किन्हीं कब्रगाहों में बुत सा पड़ा हूँ,
आओ आकर जरा सा हिला दो मुझे।

मौसिकी की ये गलियाँ भी सूनी पड़ी हैं,
अब तो मेरी हदों को दिखा दो मुझे,
एक बुरा वक्त हूँ मैं, आगे बढ़ो
हो सके तो पलों में बिता दो मुझे।

है ये दोष किसका किसे अब बताऊँ,
गुनाहों का यूँ ना सजा दो मुझे।

अनु नेवटिया

कोलकाता निवासी शिक्षिका एवं अकाउंटेंट अनु साहित्य की महज एक पाठक और विद्यार्थी है। सीखते–लिखते खुद की क्षमता को बढ़ाने की कोशिश कर रहीं हैं। विधाओं और बारीकियों से अभी अज्ञान हैं पर प्रयासरत हैं। स्वछन्द काव्यधारा में कविता लिखती हैं। साथ ही कहानी, बाल कहानी, लघु कथा, समकालीन परिस्थिति पर कविता करती हैं। विभिन्न पत्र पत्रिकाओं में निरंतर कविता और कहानी प्रकाशित, मासिक बाल साहित्यिक पत्रिकाओं में भी कुछ रचनायें प्रकाशित हुई हैं। इसके साथ ही राष्ट्र कवि संगम, हावड़ा क्षेत्र की सचिव के पद पर नियुक्त हैं।

अच्छे लगते हो

उँगलियों से जब बालों में कंघी करते हो,
स्याही से जब शर्ट अपनी गन्दी करते हो,
चलते चलते जब कोट के बटन खोलते हो,
और जूते पहनकर जब एड़ी ठोकते हो,
कलाई पे बंधी घडी को जब घुमाते हो,
हलके से कभी चश्में को जब उठाते हो,
हाथ झटक कर आस्तीन ऊपर करते हो,
और पसीने से जब तर बतर रहते हो,
अच्छे लगते हो.....

चलते हुए जब हवा में हाथ झुलाते हो,
गुस्से में आकर जब तुम नाक फुलाते हो,
बैठते वक्त पैर पर पैर टिकाते हो
सोचते हुए जब उंगलियां चटकाते हो,
पीछे झुककर जब अंगड़ाई लेते हो,
आवाजें निकालकर जम्हाई लेते हो,
आँखें बड़ी करके जब भौहें चढ़ाते हो,
या सर उठाकर जब ठहाके लगाते हो,
अच्छे लगते हो.....

स्पोर्ट्स चैनल में जब आँख गड़ाए रहते हो,
सावन मास में दाढ़ी बढ़ाये रहते हो,
फोन बजने पर सारी जेबें टटोलते हो,
चिप्स के पैकेट दांतों से खोलते हो,
एक ही जीन्स पूरे हफ्ते भर चलाते हो,

कुर्ते के साथ कभी जब दुपट्टा लगाते हो,
ब्लू–टूथ लगाकर जब तुम ड्राइव करते हो,
बात बात पर जब हाई फाइव करते हो,
अच्छे लगते हो.....

गरम मोमो फूंक मार–मारकर खिलाते हो
मेट्रो के धक्कों से जब मुझे बचाते हो
जब मेरे सारे नाज ओ नखरे सहते हो
व्यस्त रहो, तो भी मेरा फोन उठाते हो
पार्टी मांगकर खुद ही बिल चुकाते हो
जा रहा हूँ कहकर जब इंतजार करते हो
यूँ सीधा सच्चा सा जब तुम प्यार करते हो
अच्छे लगते हो.....

श्रीमती भाविका शाह

हावड़ा निवासी हिंदी में ग्रेजुएट भाविका विभिन्न साहित्यिक मंचो पर निरंतर काव्य पाठ करती हैं।

हम मनुष्य हैं

असभ्यता की सभी सीमा करते हैं पार
नहीं थकते पीठ पर करने से वार,

चोरी, डकैती, बलात्कार करना हैं पेशा
झूठ बोलने से नहीं थकते बारम्बार,

चेहरे पर चेहरा लगाऐ फिरते हैं
अच्छा रूप ही दुनिया को दिखाते हैं,

अपनों से दगा करने से नहीं थकते,
अंदर के जानवर को मरने नहीं देते,

कहते है हम इंसान है
इंसान के नाम पर ऐसी गाली देना
शोभा नहीं देता जानवर को

इंसान कहलाने के लिए
अंदर की इंसानियत को जगाओ
जिसे वर्षो से सुला रखा है
उसकी सुधि कराओ

तभी कहलाओगे इंसान
और पाओगे सम्मान।

मन की आवाज

आँगन में खुशियाँ सुशोभित करते,
बहन सखियों के साथ खिलखिलाते,
छोटो से प्यार करते बड़ों को आदर देते,
सबके चहरे पर मुस्कान लाते,
परिवार से प्यार करते,
परिवार को जोड़ के रखते,
नहीं थकती बेटियाँ,

पर अब डरते डरते, तड़पते तड़पते, भागते भागते,
थक चुकी है बेटियां।

अब वह जानना, समझना चाहाती है,
के उनके साथ ही ऐसा क्यों?
जब अखबारो में कुकर्म है पढ़ती,
तो बचपन का पाठ है याद आता,
अच्छों के साथ कभी बुरा न हो,
तो फिर उन्होंने क्या पाप है किये?
जिनका फल हम रोज अखबारों में है पढ़ते।

भावना कल्यानी

भावना कल्यानी जोतवानी, वाणिज्य स्नातकोत्तर, MBA और एक गृहिणी, जिसे न जाने कब पढ़ते पढ़ाते लिखने का शौक लग गया। रामधारी सिंह 'दिनकर' एवं महादेवी वर्मा की रचनायें दिल के बेहद करीब रहती हैं। हर रचना के पीछे किताबें और गाने प्रेरणा स्त्रोत होते है। लेखन शैली एकदम साधारण सी पर नयापन लिए जो आसानी से समझ आ जाये। एक एक कदम बढ़ाती इस कला की ओर दिन ब दिन कुछ नया लिखने को प्रयत्नरत एक बेहतर लेखिका बनने को प्रयासरत है।

दिल : किराये पर

वाज़िब खरीदार की कमी के चलते
दिल जो है, उसे किराये पर चढ़ाया है
बसना है गर तो तुम ही बस जाओ न
अभी अभी नया रंग रोगन कराया है।

सीलन के निशां कहीं कहीं दिखते है
मगर दरारों को तबियत से भराया है
और रिस रही थी जो, छतें अब तक
उन छज्जों को भी मजबूत बनाया है।

सौंप देंगे चाबियाँ भी तुम्हें उस घर की
फिर, जमीं पे नया जो कालीन बिछाया है
मालिकाना हक मिल जाने पर मगर,
न सोचना कि तुमने ये घर बसाया है।

किराये पर हो मुस्तकील नहीं हो तुम
आज जो है तेरा कल फिर पराया है
न लेना दिल पर इस बात को अपनी
कि तुम्हें बस आरज़ी तौर बिठाया है।

बदलते रहते है किरायेदार आये दिन
कुछ खुद गए, किनहें हमने उठाया है
चुका दो वक्त पर दाम भी जरा तुम
हिसाब से एक महीने का बकाया है।

कानूनी दांवपेंच, न सिखाना हमको
बाहर का भी रास्ता हमनें बनाया है
मन करेगा, हम भी आ जाएंगे वहाँ
एक कमरा, खुद का भी सजाया है।

जोखिम ही उठा रहे है, समझ लीजै
इश्तिहार दूसरा भी तैयार कराया है
जुने किरायदारों को मनाही सख्त है
पहले से भी काफी महँगा किराया है।

ऐसे ही वापसी की दरकार रखते है
खबरदार जो गैर को रहने बुलाया है
उठा कर सामान बाहर फेंक देंगे हम
न कहना, बिन इत्तेला उठाया है।

आ गई समझ में, जो बात गर हमें
मुआहिदा कई बार आगे बढ़ाया है
हम नहीं रखते हैं, धोखे में किसी को
दस्तखत, करने से पहले पढ़ाया है।

हाँ,
दिल किराये पर देने का ये मकसद
शायद जमाने के समझ न आया है
ये परहेज है, हकदार चुनने से पहले कि
पीर जाने, जिसने कभी दिल लगाया है।

सोमा आनन्द गुप्ता

मनोविज्ञान में स्नातक भागलपुर निवासी सोमा आनन्द स्वतंत्र लेखन में सक्रिय हैं। 'भाव कलश' सहित अनेक काव्य संग्रहों में इनकी रचनायें प्रकाशित हुयी हैं। 'श्रेष्ठ युवा रचनाकार सम्मान' सहित अनेक अवार्ड मिल चुके हैं। 'आगमन' की राष्ट्रीय कार्यकारिणी सदस्य हैं।

चाहत

सांसों की डोर संग,
पिरोए जा रही थी
चाहतों की माला
मगर, वक्त ने अपने आगे
इसे तोड़ डाला

कीमत रत्तीभर न रही,
मेरे जज्बात की
सहती रही मैं दंश
शह नहीं, बस मात की
बोली लगी चाहतों की
वक्त के बाजार में,
चुनवा दिए गए अरमान मेरे,
सामाजिक बंदिशों की दीवार में

लगा बाजार, आए खरीदार,
मोल–तोल के झोल से
दिल रोया जार–जार
तय हुआ, रूप का सौदा
गैरों के लिए खुशनुमा मौका
वक्त ने लहराया फतह का परचम
हालात के आगे झुक गये हम

हुई मजबूर, टूटा गुरूर
समय के फैसले को
कर लिया मंजूर
संभली हंसकर,
जिन्दगी को पुकारा
संभालो बहुत टूटा है,
नाजुक दिल हमारा
बेरहम निकला निर्मोही
किया कुछ भी न गंवारा,
बनाकर अपना उसने
चैन लूटा हमारा

क्या कहूं अब,
वक्त ने ही लूटा हमें
जैसे कोई बेरहम लुटेरा,
उम्मीद की भट्टी में
जलता रहा सदा,
मेरा खूबसूरत सवेरा

आस की गांठ बांध
दर्द को हृदय में थाम,
जीती जा रही हूं जिंदगी,
जिसकी है अब ढ़लती शाम।

कसक

इक मलाल क्यूं? जीवन में उठता है
इक दर्द क्यूं? सीने में पलता है

इक कसक, जो मन में उठती है,
शिकायत बन, जिंदगी से कहती है

ये क्यूं?
क्यूं? सवाल बनकर
मेरे अन्तस्थ की परिक्रमा करता है
मीठी तड़प बन,
जो धीमी–धीमी सी आह भरता है

क्यूं? जिन्दगी को, बस एक जीवन मिलता है
फिर, वो जीवन अनचाहे जाल बुनता है
जिन्दगी, उसमें उलझ सी जाती है,
सांसें, परिंदा बन फड़फड़ाती है

फिर भी हर रोज जिन्दगी किसी आस में,
पिरोती उम्मीद की माला हर इक सांस में
हर रात गुजरकर इक नया सबेरा लाती है,
पर शाम ढलकर न जाने क्यूं?
फिर अंधेरा फैलाती है।

मोना गुप्ता

अर्थशास्त्र में पोस्ट ग्रेजुएट देवास (म.प्र.) निवासी मोना गुप्ता की गीत, ग़ज़ल, पैरोडी लेखन में विशेष रुचि है। आकाशवाणी इंदौर में रचनाओं के प्रसारण के साथ इनकी रचनायें 'मेरी सहेली' सहित अनेक पत्र–पत्रिकाओं में निरन्तर प्रकाशित होती रहती हैं। म.प्र. के महामहिम राज्यपाल द्वारा 'कादम्बिनी महोत्सव' में सम्मानित हो चुकी हैं।

1.

मुझे किसी मीठे से एहसास ने छुआ है,
लगता है कि जैसे, मुझे भी इश्क हुआ है।

इश्क जो हुआ है तो होने दो, हो जाने दो,
मेरा इश्क भी दिल से यही मांगता दुआ है।

अब इश्क की ये बातें, इश्क ही जाने,
इश्क की अपनी खामोशी है, अपनी जुबां है।

इश्क ता–उम्र दिखाएगा असर अपना,
ये एहसासों का आसमां हैं, नहीं धुआँ है।

इश्क कभी मीरा तो कभी बनाये कबीरा है,
इश्क किसी का रब है तो किसी का खुदा है।

2.

झूठे किस्से कहानियों से ना हमें आप बहलाइये,
सच्चा सा कोई गीत हो तो आप हमें सुनाईये।

नुक्स गर निकालना है तो निकालिए शौक से,
पर पहले आइना खुद देखिये, फिर हमें दिखाइये।

सभी से ना किया करो, यूँ इजहारे मोहब्बत तुम,
जान दो जिसके वास्ते, उसी से दिल लगाईये।

अंधेरों को कोसने से होगा ना कुछ हासिल तुम्हें,
रोशनी गर चाहिए, तो एक दीपक खुद जलाइये।

मंजिल खुद नहीं आएगी, चलकर पास तुम्हारे,
दिल में रखकर हौसला, खुद कदम बढ़ाइये।

सियासी दांव–पेंच आप रखिये रिश्तों से अलग,
करो किसी से वादा तो, फिर उसको निभाइये।

पल्लवी कुमार

पटना बिहार में जन्मी, अभी दिल्ली निवासी पल्लवी कुमार एक युवा कवियत्री हैं और बहुमुखी प्रतिभा की मालिक है। पल्लवी केमिस्ट्री में स्नातक हैं और मानव संसाधन में मैनेजमेंट है। अभी एक आन्तरिक रूपरेखा कंपनी डाइरेक्टर हैं। मैथिली चित्रकारी में उन्हें माहरत है और इसके प्रचार प्रसार में दिल से लगी हुई हैं।

मृगतृष्णा

कुदरत जब भरमाती है
मृगतृष्णा के चक्रव्यूह में उलझाती है
जब गम परछाई सी चलती है
दो पल का सुकून मृगतृष्णा सी लगती है
जो है खुद के अंदर उसी की तलाश में
नासमझ सी खोती जाती हूँ
जाने क्यूँ मृगतृष्णा के चक्रव्यूह में
उलझती मैं जाती हूँ।

अनगिनत ख्वाहिशें मन के भीतर पलती है
सब आशाएं रेत में एक नदी सी लगती है
स्वांग से भरी दुनिया में
ख्वाबों का यथार्थ तलाशती हूँ
जाने क्यूँ मृगतृष्णा के चक्रव्यूह में
उलझती मैं जाती हूँ।

मरुस्थल, अग्नि सी जब तपती है
रेत की समंदर तृष्णा सी अंतहीन दिखती है
प्यासे पथिक को यूं मृगतृष्णा भरमाती है
वैसे ही कुछ पाने की चाहत में
खुद को ही घायल करती जाती हूँ
जाने क्यूँ मृगतृष्णा के चक्रव्यूह में
उलझती मैं जाती हूँ।

जिस समंदर के लिए दर–ब–दर भटकती हूँ
उसको पाके भी जाने क्यूँ प्यासी–सी लगती हूँ
जाने, घूमूं किसकी तलाश में
बावरी सी होती जाती हूँ
जाने क्यूँ मृगतृष्णा की चक्रव्यूह में
उलझती मैं जाती हूँ।

हृदय जब व्याकुल सी होती है
प्रीत मृगतृष्णा सी लगती है
वासनाओ के व्यापार में
रूहानी रिश्ते तलाशती हूँ
जाने क्यूँ मृगतृष्णा के चक्रव्यूह में
उलझती मैं जाती हूँ।

काल गति चलती जाती है
धीरे–धीरे आशायें भी मिटती है
ज्ञान कस्तूरी सी बसे स्वयं में ही
मृगतृष्णा सी खुद को छलती जाती हूँ
जाने क्यूँ मृगतृष्णा के चक्रव्यूह में
उलझती मैं जाती हूँ।

संत मणि झा

पेशे से असैनिक इंजीनियर, मधुबनी (बिहार) निवासी संत मणि झा की रचनाएँ दिल्ली प्रेस की मासिक पत्रिकाओं में नियमित अन्तराल में प्रकाशित होती हैं।

बात जो कह न पाऊँ

बात जो कह न पाऊँ, लबों तक ला न पाऊँ,
हिय में जो रह गई, सब स्याही में घोल दूँ।
ईश जो पूछे हो कौन, शब्द नहीं रहे मौन,
खरे सोने का जौहरी, कांसे भाव में तोल दूँ।

शब्द विचारों की शक्ति, बिन बोली अभिव्यक्ति,
माँ शारदे की है भक्ति, सरेआम मैं बोल दूँ।
अन्तर्मन शांत होवे, लेखन विक्रांत होवे,
सबका उत्थान होवे, हित द्वार मैं खोल दूँ।

राजा रहे न फकीर, न रहेगा ये शरीर,
शब्द वसीयत तेरी, अमीरी का संसार है।
कुरीति पर वार हो, विश्लेषण ही सार हो,
नव चेतना जग में, कविता का आधार है।

जो बिके वो लिखे नहीं, जो लिखे वो बिके नहीं,
चौहान चूकना नहीं, संबल पत्रकार है।
नौ रस का आभास हो, क्रांति का एहसास हो,
सबका प्यार पास हो, कविता मोक्ष द्वार है।

इन्सान हूँ मैं

इन्सान हूँ मैं
जानता हूँ, सिर्फ दो गज मेरा है,
थोड़ा नीयत से बेईमान हूँ मैं
लड़ता हूँ मैं इंच भर जमीन को,
पर ऊँचे चाँद की उड़ान हूँ मैं
इन्सान हूँ मैं।

हथियारों से यदि प्रेम तुम्हारा,
तो दोधारी कृपाण हूँ मैं
यदि आओ निहत्थे रणक्षेत्र में,
तो विषैली जुबान हूँ मैं
इन्सान हूँ मैं।

ना मिले मुझे तो हाथ पसारूं,
मिल जाये तो अभिमान हूँ मैं
रोटियों के लिए बोटियाँ भी,
भला जीते–जी कुर्बान हूँ मैं
इन्सान हूँ मैं।

ज्ञानी हूँ तो गीता की अमृतवाणी,
महावीर, बुद्ध का ज्ञान हूँ मैं
अज्ञानी हूँ तो फिर नागासाकी,
हिरोशिमा में उठा तूफान हूँ मैं
इन्सान हूँ मैं।

काम, क्रोध, लोभ, मोह
मुझमें संचित,
जानबूझ कर बड़ा नादान हूँ मैं
होठों को सिलकर रखने वाली,
फरेबी, मनगढ़ंत मुस्कान हूँ मैं
इन्सान हूँ मैं।

चौरासी लाख योनियों में सर्वोत्तम,
अदनी–सी, पर, सख्त जान हूँ मैं
प्रकृति के चक्र–कुचक्रों का,
बड़ा सहज अभियान हूँ मैं
इन्सान हूँ मैं।

शशांक शेखर शुक्ला

मूल रूप से भोपाल निवासी शशांक शेखर वर्तमान में धार (म.प्र.) में बैंक मैनेजर हैं। एक शौकिया लेखक के तौर पर इनकी रचनाएँ पत्र–पत्रिकाओं में निरंतर प्रकाशित होती रहती हैं एवं अनेक मंचों से नियमित काव्य पाठ करते हैं। प्रकृति से विशेष प्रेम के कारण इनकी रचनाएँ पर्यावरण आदि पर केन्द्रित होती हैं।

जब गांव में बारिश होती थी

मन मोर नाचने लगते थे, जो छम–छम बारिश होती थी
कागज की नाव तैरती थी, जब गाँव में बारिश होती थी।

इन शहरों में तो पता नहीं, बारिश कब आती कब जाती
कई दिन झड़ी बरसती थी, जब गाँव में बारिश होती थी।

घर कच्चे थे दिल सच्चे थे, क्या दौर था मेरे बचपन का
सब मिलके खूब भीगते थे, जब गाँव में बारिश होती थी।

वो छुपकर हमें देखते थे, भीगे–भीगे जाते उनकी गली,
उनकी हँसी खनकती थी, जब गाँव में बारिश होती थी।

इस शहर में बारिश का पानी, पल भर में उड़ जाता है
मिट्टी से खुशबू आती थी, जब गाँव में बारिश होती थी।

एक थी नदी

युगों से तुम यूँ ही
बहती चली जा रही हो
अविचल अनवरत
तुम स्वच्छ निर्मल जलराशि से
देती रहीं जीवन,
पिलाती रहीं अमृत।

कोई प्यासा नहीं तुम्हारी शरण में
मनुष्य, धरती, वनस्पतियां
पशु, पक्षी, कीट, जलचर
सब तुमसे ही तृप्त।

कितना कुछ जुड़ा है तुमसे
हर बार की तरह इस बार भी
तुम्हे देखकर याद आ गया बचपन
तुम्हारे तट के वो खेल अनगिनत।

तुम्हारी शरण में मेरे पुरखे भी
पोषित और विकसित हुए
फिर समा गए, भस्म बन
तुम्हारी गोद में
माँ ! नमन! तुम्हें नमन शत शत।

इस बार तुम सचमुच
बूढी लग रही हो
तुम्हारे तट उजड़ने लगे हैं
तुमसे दुर्गंध भी आने लगी है
उपेक्षित सी बीमार और आहत।

रंगत भी मटमैली हो गई
मुझे पता है, तुम हो बहुत पीड़ित
तुमने तो
हमारी कई पीढियों को जीवन दिया
और हमने कर दिया
तुम्हें क्षत विक्षत।

एक दिन तुम सूखकर मर जाओगी
ऐसा न हो, कभी कहे हम बच्चो से
एक थी हमारी नदी माँ
जो यहाँ से बहा करती थी
अनवरत।

प्रज्ञा शर्मा

एक बहुत साधारण इंसान प्रज्ञा, अपने सपनों के साथ जीती हैं। पेशे से इंजीनियर हैं। बचपन से ही कलात्मकता और सृजनात्मकता से बहुत प्रेम रहा है, लेकिन चित्रकारी और लेखन कुछ ज्यादा करीब रहे हैं। खाली समय में या तो तूलिका या फिर कलम हाथ में होती है। लेखन में विविधता पसंद है और हर शैली में लिखना और सीखना अच्छा लगता है लेकिन सबसे ज्यादा रूझान मुक्तक लिखने में है क्योंकि इसमें स्वाभाविकता की प्रधानता होती है। कुछ अल्प शब्दों में बड़ी बात कहनी हो तो शेर लिखती हैं। महादेवी वर्मा, प्रेमचंद और निदा फाजली साहब का लेखन मन को भाता है।

किसी इतवार

किसी इतवार
तुम भी आ जाओ
कैसा खाली खाली गुजर जाता है
सहर खाली शामें खाली रातें खाली
तुम बिन लफ़्ज़ों से मेरी बातें खाली
ये लम्बा इंतजार
बस खत्म करने अब आ जाओ
कि खाली खाली मेरा हर पहर जाता है।

तुम बिन सूनी थकी हारी मेरी आंखें खाली
तुम बिन सहमी रूकी सारी मेरी सांसें खाली
प्रेम की बहार
बनकर फिर रौनकें ले आओ
तुम बिन खाली खाली दिल अब डर जाता है।

तुम्हारे प्यार को तरसती मेरी बाहें खाली
हां तुम बिन जिंदगी की सब राहें खाली
सुनो फिर एक बार
हमसफर बन साथ निभाने आ जाओ
कि तुम बिन खाली खाली मेरा ये सफर जाता है
मेरा प्यार बनकर आ जाओ
कि तुम बिन हर पल हर लम्हा
हाँ खाली खाली ही गुजर जाता है।

तुम उन्मुक्त आकाश

तुम उन्मुक्त आकाश
मैं बंदिनी धरा
तुम स्वतंत्र कितने
मेरे कदमों पर पहरा
कैसे आऊं तुम तक बेड़ियों से निकलकर
तुम भी तो थोड़ा झुको ना अहम को रिक्त कर
कि आ जाओ मिले फिर से कहीं क्षितिज पर

प्रेम कहाँ इतनी जल्दी
सुलभ हो पाता है
मिलता उसे ही
जो लड़ जाता है
चुन ले हमारे हिस्से की खुशियाँ मुठ्ठी भर
कि आ जाओ मिले फिर से कहीं क्षितिज पर

कुछ तुम अर्पण करो
मैं भी समर्पण करूं
परिपक्व हो प्रीत हमारी
हृदय में मैं धीर धरूँ
विश्वास बढ़े हमारा इस प्रीत पर
कि आ जाओ मिले फिर से कहीं क्षितिज पर।

रंजना वैष्णव

लखनऊ निवासी गृहणी रंजना जी की लेखन में ही रुचि रही है।

जून की पहली बारिश

आज भी बारिश पहले की तरह झमाझम बरसी हैं
पर कुछ कायदों के साथ बरसी हैं

पहले हल्की सी फुहारों से भी आँगन भीग जाता था
और मन बादलों की गर्जना से मचल उठता था
मृत्तिका की सौंधी खुशबू आज भी वही हैं
पर खुशबू लेने के लिए मृत्तिका ही नही हैं

बारिश का नजारा देखकर अब कोई यादें तो नहीं बनती
पर हाँ! कुछ यादें ताजा हो जाती हैं
जैसे– गुजरे कल्प में तेरा दीदार ए दरमियां में होता था
पर आज तेरी यादों का झरोखा
बारिश की उस बूंद को देखकर
बस कुछ कहना चाह रहा हो मानो
ये भी कितने अरमान लेकर निकली थी बादलों से
पर पता नहीं था यूं बिखर जाएगी
किसी रोज तेरी याद की तरह।

मुझे सब याद हैं माँ

मेरे गाँव का वो बचपन मुझे बहुत याद आता हैं
जहाँ खेलने के लिए खिलौनें की नहीं,
भावनाओं की जरूरत होती थी।

मेरी माँ का वो आँचल मुझे बहुत याद आता हैं
जो निःस्वार्थ भाव से लिपट कर मुझसे,
मेरी हर तकलीफ दूर कर देती थी।

मेरे स्कूल का वो दिन मुझे बहुत याद आता हैं
जब माँ जल्दी उठकर, टिफिन स्कूल बैग में रख,
खलिहानों को चलती थी।

मुझे वो छुट्टी का दिन बहुत याद आता हैं
जब मैं जल्दी उठकर, जिद्द करती माँ से
कि आज ना जाओ खलिहानों में,
तब माँ एक रूपया देकर, मुझे बहलाती थी।

मुझे गौधूलि बेला का वो पल बहुत याद आता हैं
जब मिट्टी की धुंधली हवा में,
दूर से एक परछाई दिखाई देती,
और मैं खेल बीच में छोड़,
दौड़कर उससे लिपट जाती थी।

प्रीति भारती

कटिहार (बिहार) की मूल निवासी प्रीति वर्तमान में कोलकाता में एक मल्टीनेशनल कंपनी में आईटी प्रोफेशनल हैं। प्रीति की कवितायें उनके जीवन में कल्पना की उपस्थिति और कल्पना से बुनी गयी दुनिया को सच्चाई में बदलने की लालसा को दर्शाती हैं। वे मानती है कि 'आगमन' परिवार से जुड़ने के बाद उनके सपने हकीकत में बदल रहे हैं। प्रीति आशावादी सोच के साथ जिन्दगी के हर लम्हें को जी भर जीने की कोशिश करती हैं।

मेरे अरमानों की उड़ान मत पूछो

मेरे अरमानों की उड़ान मत पूछो
सरहदों को लाँघकर,
मुट्ठी भर जमीन नहीं,
पूरा आसमान नाप आती हैं,

मुझे रुकने को मत कहना अभी,
दिल–ए–जज्बात बह जाने दो,
बरसों की अधूरी बात,
अल्फ़ाज़–ए–बयां हो जाने दो,

हमें शराबी भी कह लो,
तो गम नहीं इस बात पर,
कोई मधुशाला पी कर मदहोश हैं,
हम शब्दों के आगोश में बेहोश हैं,

ये जादू ही कुछ ऐसा है,
नशे में रहने दो,
कोई शिकवा न रहे,
सितारों के टूट जाने पे,

धरती पे आयें हैं तो,
कुछ करके जाना है,
कुछ किये बिना तो,
अक्सर लोग चले जाते हैं।

मेरे फुरसत के लम्हें

मेरे फुरसत के लम्हें, मेरी राह तकते हैं,
मुझसे इन्हें मत मांगो,
यही मेरी पूंजी हैं, खुद पे खर्चने को,
मुझसे मुझे मत मांगो,

समय पे कर्म जरुरी है,
मंजिल की तलाश जो है,
सुधार की आवश्यकता भी है,
अपना सर्वश्रेष्ठ पाना जो है,

यही समय तो तेरा है,
इनको यूँ बर्बाद न कर,
मौज–मस्ती, दोस्ती–यारी, है जरुरी,
अपने जीवन का बस उपहास न कर,

तेरे कल के इंतजार में,
कई गुजारिश शामिल होंगे,
जिनमें तेरा खोखला खालीपन,
तेरे इरादों से ज्यादा भारी होंगे,

पर मेरे आज के अटल निश्चय पे,
अब कोई गुंजाइश बाकी न होंगे,
दूसरे मौके की तलाश में,
रुआंसू अफसोस के सुराख न होंगे,
कर इरादा इतना पक्का,
खुद का भी होश न हो,
ताक लगाके देख अपने निशाने को,
तीर चले तो शोक न हो।

श्रद्धा टिबरेवाल

गिरिडीह (झारखंड) में जन्मी श्रद्धा टिबरेवाल वर्तमान में कोलकाता में रह कर एक गृहणी के दायित्व का निर्वहन करते हुए अपने लेखन की रुचि को भी एक मुकाम देने के लिए प्रयासरत हैं।

मृगतृष्णा

आज के आधुनिक युग में,
संसार बेमानी लगता है।
आबोहवा की बात छोड़ो,
घरबार बेमानी लगता है।

इंसानों की क्या बात करें,
हर पहचान बेमानी लगता है।
अपमान की क्या बात करें,
अब सम्मान बेमानी लगता है।

इतने चेहरे लोगों के देखे,
हर चेहरा बेमानी लगता है।
सब चरित्र अब दोहरे देखे,
एकहरा बेमानी लगता है।

इस युग में सब सहज होना,
एक सपना सा लगता है।
अब इंसान का इंसान होना,
'मृगतृष्णा' सा लगता है।

मेरे खुदा

ओस की बूंद सी तेरी याद अक्सर,
मेरे दिल का कंवल भिगा जाती है।
बड़ी शीतल सी ये बूँदे अक्सर,
दिल के जख्म सहला जाती है।

इबादत की थी मैंने तेरी तू मेरा खुदा जो था,
पर खुदा से रंज करूँ ये हक भी तो न था।

गर खुदा रूठे तो कौन दे आसरा ये बताया तो होता,
बिन तेरे किस पथ बढ़ूँ ये रास्ता दिखाया तो होता।

तेरी लगन मुझे लगी थी ऐसी,
मेरी धड़कनों में भी तेरी लय होती थी।
फिर क्या सुबह क्या शाम,
मेरी बातें भी तेरे नाम पिरोये होती थी।

इतनी मोहब्बत,
हाँ इतनी मोहब्बत पाई है तुमसे,
कि दामन भी मेरा कम पड़ता था।
ना धड़कनों में ही,
मेरी साँसों में भी तेरे प्यार का,
मधुर संगीत सुनाई पड़ता था।

अब किससे माँगू मैं वो प्यार जो,
तुम अपने साथ लेकर चले गए।
भरी दुनिया में अपनी लाडली को,
बस अकेला करके चले गए।
बस अकेला करके चले गए।

अंजुला सिंह भदौरिया

'अंजुला सिंह भदौरिया' बहुमुखी प्रतिभा का व्यक्तित्व रखती हैं। वे अर्थशास्त्र से परास्नातक, एम. एड. एवं एडवांस वेब डिजाइनर हैं। शिक्षाविद के रूप में उनका एक दशक से अधिक का अनुभव है जिसमे उनका प्रधानाचार्या के रूप में सफल कार्यकाल सम्मिलित है। उन्हें अब तक राष्ट्रीय एवं अंतर्राष्ट्रीय स्तर पर अनेक सम्मान प्राप्त हुए हैं। उनकी अब तक इग्नू परास्नातक (शिक्षा) के लिए आठ सफल किताबें प्रकाशित हो चुकी हैं और वे समय–समय पर अपने ब्लॉग, लेखों, कविताओं व कहानियों के द्वारा अनेक मंचों पर सक्रिय रहती हैं। उनकी अब तक सात अँग्रेजी एवं एक हिंदी साझा संकलन पुस्तकें प्रकाशित हो चुकी हैं। वह एक मासिक इ–मैगजीन क्षितिज (वेयर ड्रीम मीट्स रियलिटी) में मुख्य संपादक के तौर पर भी सक्रिय है जोकि किंडल (Kindle) पर उपलब्ध है। वह एक सम्मानीय चित्रकार है और प्रतिष्ठित ललित कला अकादमी (नई दिल्ली) के अलावा उनके अनेक चित्र संग्रह लग चुके हैं। वे एडवांस्ड प्रानिक हीलर व सर्टिफाइड फेंग शुई एक्सपर्ट भी हैं।

पन्ना धाय

यह विशुद्ध सत्य व साहस ही तो जीवन जीने का आधार है,
जिसके ओज व प्रभामण्डल आगे सब निस्तेज सब बेकार है,
अनपेक्षित आशातीत समर्पण वीरों के जीवन का विस्तार है,
जिसके सम्मुख समस्त विश्व में सब गौड़ सब निराधार है,
कितनें लोगों का सम्पूर्ण जीवन बना समर्पण की मिसाल है,
जिसके आगे स्वयं नतमस्तक होता धरती–अंबर विशाल है,

वीरता और राजपूत है एक दूसरे के पूरक व पूर्णतः समान,
इतिहास के पन्नों में भी स्वर्णाक्षरों से अंकित इनका बलिदान,
पन्ना धाय ने सोलवहीं सदी में स्वामिभक्ति का छुआ सोपान,
कर्तव्य के राह पर न्योछावर करी स्वयं अपने पुत्र की जान,
हृदयविदारक परिस्थिति में एकमात्र पुत्र को किया है अर्पण,
पैदा करने वाली जननी से भी कहीं ऊँचा किया है यह तर्पण,

राजकुमार उदय सिंह के पालन पोषण का था उनका काम,
राणा सांगा के लिए स्वामिभक्ति पर था उन्हें गर्व व अभिमान,
अपने पुत्र चंदन के साथ–साथ राजकुमार को दूध पिलाया,
इसलिए धाय माँ का सम्मानित नाम उन्होंने था यहाँ पाया,
उदयसिंह की माँ कर्मावती ने जौहर की अग्नि को अपनाया,
तब चित्तौड़ वीरभूमि को इस वीरांगना ने कर्मभूमि बनाया,

परंतु विधि पटल पे लिखा था एक मर्मभेदी शोकाकुल मोड़,
बनवीर बढ़ा लिए नंगी तलवार राजकुमार के कक्ष की ओर,
यह चेतावनी पाकर भी अपने कर्तव्य के प्रति छोड़ी न डोर,
कर्मयोग से नतमस्तक कर नियति को भी किया कमजोर,

टोकरी में लिटा राजकुमार उदय को झूठी पत्तलो से ढंका,
फिर शीघ्रता से उन्हें विश्वस्त के साथ महल से बाहर करा,

सोते अपने एकमात्र पुत्र को राजकुमार के स्थान पर धरा,
तभी अचानक रक्त पिपासु बनवीर ने कक्ष में प्रवेश करा,
रक्तरंजित तलवार ले जब राजकुमार के विषय में प्रश्न करा,
कठोर हृदय से उसने शैया पे सोए पुत्र की ओर इशारा करा,
झटके से सत्ता लोभी शैतान ने उस बालक का वध करा,
पर अविचलित नेत्र से एक आँसू भी धरती पर न गिरा,

खुशी के मद में चूर बनवीर ने जोरदार अट्टहास लगाया,
एक बेबस और लाचार माँ का कलेजा जैसे मुंह को आया,
मृत पुत्र का मस्तक चूमकर अपनी ममता को सहलाया,
पुनः सचेत हो राजकुमार की सुरक्षा को निश्चित कराया,
कर्तव्यनिष्ठा की राह पर पन्ना धाय ने पुत्र जीवन चढ़ाया,
परंतु इस अद्वितीय बलिदान नें मेवाड़ का राजवंश बचाया,

किया न्योछावर सर्वस्व जिसने कर्तव्य सर्वोपरि मान कर,
अमिट कहानी लिख दी जिसने समर्पण व बलिदान पर,
हम किंकर्तव्यविमूढ़ हैं ऐसी माँ के साहस व बलिदान पर,
हम कृतज्ञ है ऐसी वीर राजपूतानी के कर्तव्य के भान पर,
जब जब इस धरती पर सर्वोत्तम वीरता की बात चलेगी,
पन्ना यह तेरी वीरगाथा सर्वत्र दिशाओं को उद्दीप्त करेगी।

दिलीप खान

पटना निवासी दिलीप खान काव्य लेखन में अति सक्रिय हैं। इनकी रचनाएँ पत्र–पत्रिकाओं में निरन्तर प्रकाशित होती हैं एवं वे विभिन्न काव्य मंचों से नियमित काव्य पाठ में सक्रिय रहते हैं।

सड़क- एक गवाह

सड़क
तू गवाह है, सृजन के शिरकत का,
तू गवाह है, इंसान के फितरत का
तुझसे होकर नेता भी जाते है
सरहद पे लड़ने बेटा भी जाते हैं
तू पूछता नहीं कभी कोई सवाल
जाने देखे होंगे तुमने कितने
बबाल।

सड़क
तू इतिहास है
सबके लिए खास है
कभी इंसान गुजरा होगा
दौड़ता आखेट के लिए
कभी प्रेयसी गुजरी होगी
प्रियतम से भेट के लिए
सज्जनों ने भी डग भरा होगा तुझ पर
दुर्जनों का भी पग पड़ा होगा तुझ पर
तूने सैनिको का आब्रजन देखा होगा
तूने महरुमो का प्रवजन देखा होगा

सड़क
तू गणित है
हर पल नवनीत है
रूप तेरे अनंत है
जिसका न कोई अंत है
तू मानव को जोड़ता है
कर्म से मुंह नहीं मोड़ता है
तू कभी थकता नहीं
यौवन पाने को झकता नहीं
साथ सबका निभाता है
भूले को घर पहुंचाता है

सड़क
तू गवाह है, बंधन के फेरों का
तू गवाह है दूर होते अंधेरों का
तू गवाह है उदित होते सूरज का
तू गवाह है इंसानों के धीरज का
तू गवाह है बालको के क्रीडाओं का
तू गवाह है अर्थी के पीड़ाओं का
तू गवाह है गरीबों के लांछन का
तू गवाह है अमीरों के प्रपंच का

सड़क

तूने दौलत की खनक देखी होगी
तूने षड़यंत्र की भनक देखी होगी
तूने अपहरण देखा होगा
तूने प्रकृति आहरण देखा होगा
तूने कभी विकास देखा होगा
तूने होता विनाश देखा होगा
तूने सदियों को ढलते देखा होगा
राजवंश को पलते देखा होगा
तूने उत्सवों का उल्लास देखा होगा
सभ्यताओं का ह्रास देखा होगा

सड़क

तूने गुलामी देखी होगी
उत्थान पतन की सुनामी देखी होगी
कभी गजनी का आक्रमण देखा होगा
गाँधी का सत्याग्रह, अनशन देखा होगा
भगत जैसा नौनिहाल भी गुजरा होगा
"साईं" सा फटेहाल भी गुजरा होगा
आजादी के नारे गूंजे होंगे तुझ पर
बर्बादी के बिगुल बजे होंगे तुझ पर
तूने गीता का ज्ञान देखा होगा
नारी का छीनता सम्मान देखा होगा

सड़क

तुम मौन तपस्वी हो
युग युग से यशस्वी हो
तुम सारगर्भित ज्ञान हो
सभ्यता की पहचान हो
राही तो बस गुजर जाते है
तेरे रहस्य को कब समझ पाते है?
तुम यूँ ही अनवरत रहोगे
एक गवाह बन सब सहोगे
तुम मंजिलों का एहसास हो
कभी दूर दूर कभी पास हो।

पूनम सोनछात्रा

कोलकाता निवासी निजी विद्यालय में शिक्षिका पूनम सोनछात्रा एक कुशल वक्ता हैं और राष्ट्रीय स्तर पर प्रथम पुरस्कार प्राप्त कर चुकी हैं। विद्यालय के दिनों से ही उनकी रुचि काव्य लेखन में रही है और कॉलेज मैगजीन में अनेक कवितायें प्रकाशित हो चुकी हैं।

आभासी दुनिया

करीब चौदह–पंद्रह बरस की थी मैं,
जब पहली बार गणित की किताब ने
मेरा परिचय 'आयोटा' से करवाया
एक ऐसा अंक जो केवल काल्पनिक है
जिसका वास्तविकता में कोई अस्तित्व ही नहीं
सच कहूँ तो उलझ के रह गई थी
अंकों की उस आभासी दुनिया में
नहीं जानती थी
कि गणित की उस किताब के बाहर भी
एक आभासी दुनिया है,
जो मेरा इंतजार कर रही है
जिसके किरदार तो वास्तविक हैं
लेकिन हर किरदार के चेहरे पे
जाने कितने नकाब हैं
रिश्तो के जाने कितने भंवर
और उनमें उलझी भावनाएँ
मन के इस चंचल मन की उड़ान ही तो हैं
वो खूबसूरत चाँद
जिसमें एक आशिक को
महबूब का अक्स नजर आता है
तो एक भूखे को रोटी
पूरी जिंदगी हम भागते रहते हैं
उसके पीछे
जो कभी मिला ही नहीं
खोजते फिरते हैं
खुद को उस पल में,

हकीकत में जो हमने जिया ही नहीं
जैसे 'आयोटा' से शुरूआत कर
'संमिश्र संख्याओं' की पूरी 'ज्यामिति'
विकसित कर ली गई,
ठीक उसी तरह हमनें भी अपने इर्द–गिर्द
अपने मनपसंद और मनगढ़ंत दर्दों के
ताने–बाने बुनकर
जाने कितने समीकरण बना रखे हैं
कोई बताए मुझे,
अगर भूख से बड़ा
कोई सच हो तो
कोई जताए मुझे,
अगर माँ से अधिक निस्वार्थ प्रेम
कोई दे सके तो
कोई दिखाए मुझे,
अगर सीमा पर तैनात सैनिक से अधिक दर्द
कोई सह सके तो
सच तो यह है कि
वास्तविक समस्याओं के समाधान ही
वास्तविक होते हैं,
और आभासी दुनिया की
इन काल्पनिक समस्याओं के
सिर्फ, काल्पनिक।

आयोटा – एक काल्पनिक संख्या
संमिश्र संख्याएँ – Complete Numbers
ज्यामिति – Geometry

अवधेश कनौजिया

मूल रूप से उन्नाव (उ.प्र.) में जन्में अवधेश वर्तमान में दिल्ली के स्थायी निवासी हैं। लेखन की प्रेरणा उन्हें उन सभी कवियों से मिली जिनकी कवितायें उनकी पाठ्य पुस्तकों में होती थी।

नारी के अपमान के दोषी कौन?

पाँच महारथी पति थे जिसके
उस द्रौपदी की करुण व्यथा
द्यूत सभा की हृदय विदारक
बतलाता हूँ सत्य कथा

धर्मधुरंधर धर्मराज को
किसने यह अधिकार दिया
जो अग्निजन्मा कुरुवंश कुलवधू
दांव रूप स्वीकार किया

हार गए जब वे द्रौपदी को
दुर्योधन ने अवसर पाया
उस पांचाली उस कृष्णा का
उपहास था उसने उड़वाया।

अंगराज ने कहा था वैश्या
किया नारी का अपमान था
उसे द्यूत भवन में बुलाने वाला
दुर्योधन शैतान था

जाना जब यह पांचाली ने
व्यथित बहुत हो रोती है
दुःशासन सम दुःष्ट हृदय में
लाज शर्म सब सोती हैं

उसके निर्लज्ज हाथ किसी के
केश पकड़कर लाते हैं
दौपदी के नैन सिर झुके
पाण्डवों के पाते हैं

उनके शौर्य पराक्रम को
झकझोरने का प्रयास किया
मूढ़जनों ने देख के यह
उन सबका अपमान किया

गई महाराज धृतराष्ट्र समक्ष
ले कर मन में थोड़ी सी आस
वह तो पहले ही बांधे था
ग्रीवा पर पुत्र मोह की फांस

पास गयी कृप द्रोण के वह
उनसे भी सहायता को बोली
पर वे तो दबाए हुए थे मुँह में
राजनिष्ठा की विषगोली

जो श्वेत वस्त्रधारी वरिष्ठ कुरु
भीष्म पितामह अति बलशाली
उनके मौन ने द्रौपदी की
समस्त आशाएं धो डाली

बढ़ा दुःष्ट वह अठ्ठाहस कर
चीर हरण को हाथ बढ़ाए
सारे मार्ग बंद जब देखे
तब कलमनयन हरि याद आए

प्रगटे अदृश्य रूप में मोहन
साड़ी अक्षय हो गई
बेसुध हो तब गिरा दुःशासन
सभा चीर से भर गई

देख दृश्य सब भये चकित अरु
भय व्यापा कौरव दल में
घरबराये शकुनि सम पापी
अति विस्मय उसके मन में

पूरी घटना को देख दुखित हो
उठते महत्वी प्रश्न अनेक
देख अपनाम निज पत्नी का
क्यों हुए नहीं सब पाण्डव एक

क्यों सम्राट युधिष्ठिर ने
दांव लगाया भार्या को
क्यों नही बचाया प्रण को तोड़
पितामह ने उस आर्या को

अपमान किया कुलमर्यादा का
दुर्योधन अहंकारी ने
चुपचाप दिया होने सब कुछ
धृतराष्ट्र सिंहासनधारी ने

द्रोण और आचार्य कृप के
मुख भी बिल्कुल मौन थे
द्यूत सभा मे नारी के
अपमान के दोषी कौन थे।

अंजलि निम्मी

जनपद दरभंगा (बिहार) में जन्मी अंजलि अध्यापन कार्य के साथ कविता/कहानी लिखने, सुनने, पढ़ने की शौकीन हैं। इनकी रचनाओं में श्रंगार की प्रमुखता रहती हैं। इन्हें संगीत और मित्रों से बात करना बेहद पसंद है।

जब भी कोयल गाया करेगी

जब भी कोयल गाया करेगी,
तो उसकी कूक में मेरी आवाज सुनना तुम
जब भी ठंडी हवा तुम्हें छूकर गुजरेगी,
तो उसमें मेरे स्पर्श को महसूस करना तुम।

जब भी बारिश की बूंदे गिरेंगी,
तो उसमें मेरी झलक देखना तुम
जब भी तुम फूलों को देखोगे,
तो उसमें मेरी मुस्कान देखना तुम।

जब भी तुम तारों से मिलोगे,
तो उसमें हमारे नाम का एक तारा ढूँढ ही लेना तुम
जब भी तुम आईने के सामने बैठोगे,
तो उसमें अपने आप में मेरा अक्स देखकर मुझसे बातें करना तुम।

इस तरह मेरी यादें अपने दिल के पास संजो कर रखना तुम,
तो मौत आने के बाद भी रहूँगी मैं जिंदा तुम्हारे पास,
और गर ये यादें मिट जायेंगी तो जिंदा रहकर भी मौत आ जायेगी मुझे।

प्रेम दरिया नहीं समंदर है

प्रेम दरिया नहीं समंदर है, प्रेम बाहर नहीं अंदर है
प्रेम ईर्ष्या नहीं चाहत है, प्रेम बेचैनी नहीं राहत है।

प्रेम फरेब नहीं सत्य है, प्रेम पहेली नहीं रहस्य है
प्रेम भगवान नहीं प्रकृति है, प्रेम दबाब नहीं स्वीकृति है।

प्रेम अंदाजा नहीं एहसास है, प्रेम बंधन नहीं विश्वास है
प्रेम बादल नहीं आसमान है, प्रेम बदनामी नहीं सम्मान है।

प्रेम वाचाल नहीं मौन है, निरुत्तर एक सवाल है,
'प्रेम कौन है, प्रेम क्या है?'

लक्ष्मी बिमला नेगी

उत्तराखंड में जन्मी लक्ष्मी एक युवा कवि हैं। इन्होनें अपनी पहली कविता कक्षा 9 में लिखी। वे वर्तमान में दिल्ली के अनेक मंचों पर सक्रिय रह कर अपनी लेखनी को एक मुकाम दे रही हैं। इनकी इच्छा एक पुस्तकालय खोलने की है जिसमें विज्ञान की तमाम पुस्तकें हो और साथ ही गरीब बच्चों के लिए एक स्कूल खोलना भी इनका सपना है।

माँ

मिट्टी में लिपटी हुई थी उस माँ की मुराद कहीं,
अनाथ उस मासूम को भी आँचल की छाया मिल गयी,
अब बाँझ ना कहेगा उसे कोई,
एक बेसहारा रोती हुई उन आँखों को,
अपनी जिंदगी मिल गई।

परदेस में रहकर माँ की बातों की याद आयीं,
जो मिट्टी में मिला दिये उन संस्करो की याद आयीं,
रो कर जब माँगी, मैंने माफी गुनाहों की
मेरी माँ में ही मुझे, खुदा की मूरत नजर आयीं।

जिनके लिये कोख ठुकरा दी थी मैंने माँ की,
उनके चेहरे की रंगत कुछ अलग ही समझ आयी
मारने चले थे हमें वो, और काँप गयीं रूह उनकी
जब माँ के खातिर मैं मौत को भी चेतावनी दे आयी।

माँसाहारी हो तुम उन्होंने कहा,
उन्हें मुझ में यही हैवानियत नजर आयी
जब अपने मतलब के लिए जिस्म में उतर आये थे वो,
फिर खुद में क्यूँ नहीं उन्हें अपनी हवस नजर आयी।

गुरूर में अपने वो चूर हैं इतने,
कि मोहब्बत भी उन्हें सिर्फ
वक्त की मोहताज समझ आयी
और कहते है डरते नहीं हम किसी से,
क्यूँ फिर खेल रहे हैं छुपम छुपायी
कह रही है 'लक्ष्मी' खुलेआम अब,
कलम पकड़ लिख ले, कुछ तू भी सच्चाई।

दर्द

फूलों से नाजुक मेरा ये दिल हैं,
किसी ना समझा दर्द के काबिल,
तो किसे के लिये पैसे उड़ाने की महफिल,
किसी ने जिंदा दफना दिया,
तो किसी ने चेहरा जला दिया,
ना जाने क्या मेरी गलती है,
क्या हूँ मैं किसी के लिये,
आज हर शख्स क्यूँ हैं बेताब मुझे जलाने के लिये
किसी की मोहब्बत के नहीं मैं काबिल,
जिस्म पर मेरे इतना निशाँ क्यूँ हैं,
जुल्म भी मुझ पर,
दहशत भी मुझ पर,
अपनो का ही मुझे मिटाने का अरमा क्यूँ हैं,
हर अपनों से मुझे आज इतना गिला क्यूँ हैं,
हर शख्स मुझे आज मिटाने के लिये बेताब क्यूँ है
जीते जी जो ना दे पाया प्यार जो लक्ष्मी,
आज उमड़ी ये भीड़ तीखे जलाने में क्यूँ हैं,
लाल जोड़ा सजाया था जिन्होंने कभी,
वो आज तुम्हें कफ़न उड़ाने में बेताब क्यूँ हैं,
हर शख्स मुझे आज मुझे मिटाने में क्यूँ है।

मनीष मोदी

गिरीडीह निवासी मनीष मोदी कोलकाता से सी.एस. करने के बाद फिलहाल गुवाहाटी में कन्सल्टैन्सी का काम करते हैं। लेखन में नई–नई रुचि जागी है। 28 अगस्त 2018 से कविता लिखना प्रारम्भ किया है।

मेरी माँ

'माँ' के बारे में मैं क्या लिखूँ
मेरी लेखनी रुक रुक जाती है
ये मेरे जैसी है कुछ कहने की
हिम्मत ही नहीं जुटा पाती है

चलो खुद को कुछ संबल दूँ मैं
लेखनी को भी कुछ बल दूँ मैं
कोशिश करूँ कुछ लिख पाऊँ
सूरज को मैं दीया दिखाऊँ

मस्तक पर 'दिव्य आभा' लिये
चेहरे पर सदा गम्भीर मुस्कान
मुस्कान तले छुपाये थे सारे दर्द
मेरी माँ थी सही मायने में मर्द

स्नेह व ममत्व की मूरत थीं वो
कर्तव्य बखूबी निभाती थीं वो
भाव अपने व्यक्त करती न वो
कभी भी विचलित होती न वो

कई जिम्मेदारियों के बोझ तले
बड़े ही अच्छे से हम तीन पले
हर शिक्षा में थीं वो सदा अग्रिम
सदा दिये हमें संस्कार 'स्वर्णिम'

संयुक्त परिवार की गंदी राजनीति
कभी बदल ना पायी उनकी नीति
सदा सबसे उन्होंने निभायी प्रीति
रत्ती भर भी मन में थी नहीं भीति

पति को अपने सदा पूजती थीं वो
हमारे लिए सबसे जूझती थीं वो
हमारी ढाल बन सदा खड़ी थीं वो
कभी भगवान से भी लड़ी थीं वो

परिवार के प्रति हर फर्ज निभाये
अपने तन को बहुतेरे मर्ज लगाये
काबिल इतनी कि कुछ कर जाये
मिले मौका तो इतिहास रच जाये

परिस्थितियों ने कभी दिया न साथ
फिर भी ना बैठी धर हाथ पे हाथ
काबिलियत अपनी हममें बाँट दी
हमारे दुर्भाग्य को सर्वदा काट दी

आया बुरे वक्त का मनहूस लम्हा
उसी पल कर गया उनको विधवा
करती थीं जिनसे सर्वाधिक प्यार
मेरे पिता छोड़ गये उनका संसार

अपने सर्वस्व की मृत्यु के पश्चात
मन ही मन सदा रोती रहती थीं वो
सिर्फ मुझे जिन्दा रखने के लिए
दो निवाले जबरन खा लेती थीं वो

पति–गुरु–ईष्ट में रहती तल्लीन वो
इक दिन उनमें हो गयी विलीन वो
चली गयी अपने पति के पास वो
हम तीनों को कर गयी अनाथ वो

मृत्यु शैय्या पर भी थी वही शान
मस्तक पर थी वही दिव्य आभा
चेहरे पर थी वही गम्भीर मुस्कान
मुस्कान तले छुपाये थे सारे दर्द

मेरी माँ थी सही मायने
गृहलक्ष्मी का करे तिरस्कार
अम्बा का आवाहन करते
अपनी माँ को जीते जी मार।

भक्ति चौबे

इंदौर निवासी सॉफ्टवेयर इंजीनियर भक्ति की बचपन से ही लेखन में रुचि रही है।

बरसाती है नयन घटा

बरसाती है नयन घटा, अम्बर जयकार गाता होगा
लहू से सींची माटी का, सीना चौड़ा हो जाता होगा
टूटती होगी चूड़ियाँ पर, आँखो से गर्व झलकता होगा
पिता के साये से जुदा, बचपन कोने में तड़पता होगा
हाथ जोड़े ईश्वर राह पर खड़ा अश्रु बहाता होगा
जब माँ का सपूत लिपट तिरंगे में आँगन को आता होगा।

होली के रंगों के बीच, वो घर बेरंग रह जाता होगा
अंधियारी होती दीवाली, जो चिराग बुझ जाता होगा
खेलने की उम्र में, वो पिता की अर्थी उठाता होगा
श्रृंगार करता वो हाथ, जब सिंदूर मिटाता होगा
चीखती भारत भूमि, रक्त से आँचल नहाता होगा
जब माँ का सपूत लिपट तिरंगे में आँगन को आता होगा।

बूढ़ी माँ जब अर्थी देख अगाद्य शोक मनाती होगी
पुत्र को पिता अग्नि दे नीरस लड़खड़ाता होगा
क्या तब भी नेताओं का दिल नहीं पिघलता होगा
क्या तब भी सवालों का सिलसिला नहीं थमता होगा
अरे! इस गम में शैतान भी, क्षण भर शीश झुकाता होगा

जब माँ का सपूत लिपट तिरंगे में आँगन को आता होगा।

कॉफी

शाम का वो वक्त था, कुछ भीड़ में टकरा गई,
बीता वक्त सामने देख, तिनका भर घबरा गई,
आँखों से अश्क छूट गया, पर पलकों ने सम्हाला
और उसने पूछ लिया
'Can we have coffee together?'
सामने बैठा था वो, हर जख्म का जरिया था जो
कि पूछ लूँ क्या गुनाह था, जो बेइंतहा चाहा था,
कि क्या मजबूरियाँ थी, जो तुझ को बस जाना था
पर रोक कर मेरी रूह ने, चंद लफ्जों में मुझसे कहा
फक़त जज्बात भी जाहिर तू कर दे,
इसके भी वो काबिल नहीं,
और मैंने पूछ लिया
'How's your wife and son?
सुनते ही दो लम्हा, लब उसके खामोश थे
जैसे कहना चाहता कि इश्क मेरा निर्दोष है,
कि आज भी इस दिल में, एक ही मौहब्बत है,
बाहों में बस तू हो, आज भी ये हसरत है,
और एक जवाब आया
'ठीक.... तुम बहुत खूबसूरत लग रही हो'
मैं मुस्कुराई, Coffee को खत्म किया, और कहा,
'अच्छा, अब चलती हूँ।'
रोक कर उसने कहा, 'बस इतना ही वक्त था मेरे लिए
यही तुम्हारी चाहत है।'
नम आँखों से मैंने कहा, 'एक माँ हूँ, पत्नी हूँ और
जिम्मेदारियाँ बहुत है।'

दीपक सीजे मालाकार

कोलकाता निवासी बी.टेक. एवं आई टी कम्पनी में प्रोग्राम एनालिस्ट हैं। कम शब्दों में सीधा, सरल और अत्यंत शर्मीले। बातों से ज्यादा कविताओं में ही बोलचाल करते है। बुराई की वजह और उनमें छिपी एक अच्छाई को प्रकृति के तत्वों के माध्यम से समाज के समक्ष रखना ही इनकी कविता को अर्थ देता आ रहा है। भौतिक विज्ञान में रुचि होने के वजह से इनकी 2016 में एक ई–पुस्तक 'The Philosophical Diary-Universal Cognizance, जो की एक डायरी है, प्रकाशित हुई थी। हिंदी के साथ अंग्रेजी में भी इन्हें कविता एवं डायरी लिखने में रुचि है।

गुजारिश

चलो आओ खेले मिलकर होली,
सर पे हो पगड़ी या फिर थोड़ी रोली
इंसानियत की राहों में क्या मस्जिद, क्या मन्दिर,
क्या गुरद्वारे की बोली,
बाँटो मत अपने रूह को
कुछ अपनी धड़कन बाँट दो,
है गुजारिश
लहू बहे ना पत्थरो पे, सड़को पे
बहती है जो दिल में
उसे बहने दो..... उसे बहने दो..... उसे बहने दो.....

कर लूँ कुछ खरीदारी इस बाजार में
कुछ पसीने से कुछ प्यार से
मरम्मत कर लूँ अपनी गलतियों की
कुछ हाथों में हाथ, कुछ भरोसे की एहसास से
उतार कर दर्द तू नफरत से अपनी
तोहफा सा एक मुझको दे दो
है गुजारिश,
दो वक्त दे दो गले मिलने को
कांटे घड़ियों की बढ़ती है तो
उसे बढ़ने दो..... उसे बढ़ने दो..... उसे बढ़ने दो.....

रख दूँ एक आँचल उसके कफ़न पे
उसके छिथड़ों पे, खामोश चीखों पे,
ढँक दूं उसके दर्द उसके जिस्म के साथ

अंधो की भीड़ में, ठोकरों की सीख में
बढ़कर कोई अपनी जमीर से
मरहम उसके जख्मों को दे दो
है गुजारिश
गर गिरता तू अपनी नजरो में
उसे गिरने दो..... उसे गिरने दो..... उसे गिरने दो.....

लिख दूँ एक कहानी उस सन्नाटे की
स्याही लाल में, वजह के जाल में
तस्वीर हर सवाली जनाजे की
भरोसे की मलाल में, कोख की हलाल में
बहकर कोई आंसू लपटों को पानी दे दो,
है गुजारिश
मोमबत्तिया पिघलती है मेरी पन्नों पे
उसे पिघलने दो..... उसे पिघलने दो..... उसे पिघलने दो.....

रितु सिंह

मुजफ्फरपुर (बिहार) निवासी एम.ए. की छात्र रितु की बचपन से ही लेखन में रुचि रही है। विभिन्न पत्र–पत्रिकाओं एवं ई–पत्रिकाओं में उनकी रचनायें निरंतर प्रकाशित होती हैं। वे विभिन्न प्रतियोगिताएं में पुरस्कृत हो चुकी हैं।

बुझता बचपन

बैठते ही जेवर की दुकान में
आई एक आवाज, 'दीदी चाय'
झकझोरा इन शब्दों ने मुझे अन्दर तक
देखा मैंने,
सामने मेरे खड़ा एक बचपन,
आँखों में उदासी
और हाथों में चाय लिए
पूछा जो मैंने इसकी वजह
मिला मुझे बस दो टूक जवाब–
'पिता शराबी और माँ है बीमार
घर में दो बहनें ब्याहने को पड़ी है
इन सबके उपर महँगाई की मार'
इस जवाब ने भर दी चाय में खटास
और कर गई फीकी जेवरों की चमक
उस दिन मेरे दिल में
उठी एक हूक सी
और आँखें हो गई नम
क्यूँकि
देखा था मैंने अपनी आँखों से
झुकते हुए नन्हे कंधों को
कर्तव्यों के बोझ तले
जलते हाथों को
गमगीन आँखों को
सुनहरे सपनों से मुँह मोड़ते हुए।

निर्भया

किसी की बेटी थी वो निकली घर से
आँखों में सपनों का संसार लिए
निर्भय, निर्झर साहस का संचार लिए
खुले आसमाँ में पंख पसारे
समेट ले सितारे हैं जितने,
कहाँ पता था उसे कि उसपे
है शिकारी नजर कितने
सो रही थी पूरी दुनिया
जब बंद चार दीवारों में,
लुटती रही उसकी इज्जत
बाजारों और चौराहों में।

नोच डाला बदन के
हर हिस्से को उसके
वहशी, दरिंदो ने ऐसे,
जंगली जानवरों के आगे पड़ा हो
कोई माँस का टुकड़ा जैसे
नहीं थी हारी उसने हिम्मत
अपनी अंतिम साँस तक,
तभी जमाने ने भी
छुपाई पहचान उसकी
बदला उसका नाम तक
निर्भया.....

हाँ निर्भया थी वो...
पर अब जरा ठहरो
और करो कल्पना उस पल की,
जैसे देख रहे अपनी आंखों से
घटना वो बीतते हर पल की
फिर देखो उस पालक की ओर
जो रक्षक के भेष में
भक्षक बन बैठा है,
जाति, मजहब के नाम पर
देश की अस्मत से खेलता है
सहम जाओगे तुम,
सिहर उठेगा तुम्हारा रोम–रोम
बस एक ख्यालात से,
न जाने किस बहन,
किस बेटी के साथ
कब, कहाँ हो जाए क्या,
तंत्र के मंत्र से
हर बार एक दैत्य हो रहा रिहा
आज बस नहीं छलके हैं आँसू
नन्हें, मासूम–सी आँखों से
बल्कि टूटी है कई उम्मीदें भी
और माथों पर दिख रही
चिंता की साफ लकीरें भी
ऐसा तंत्र ना जाने और
कितने दैत्यों को जन्म देगा
और न जाने कितनी बेटियों को
बनना पड़ेगा
निर्भया..........

शावर भक्त 'भवानी'

राजमहल (झारखण्ड) में जन्मी कोलकाता निवासी, इतिहास में पोस्ट ग्रेजुएट शावर भक्त एक ट्यूटर, लेखिका एवं कवयित्री हैं। विभिन्न साझा संग्रहों, स्कूल पत्रिकाओं, पत्र–पत्रिकाओं में इनकी कवितायें, आलेख आदि निरंतर प्रकाशित होती हैं। अनेक संस्थाओं एवं फेसबुक पटलों द्वारा अनेक बार सम्मानित एवं पुरस्कृत हो चुकी हैं।

ग़ज़ल

मन की गहराई में जब अंदर गए,
जिन्दगी को और बेहतर कर गए।

तन की सुंदरता ले जब बाहर गए,
भीड़ की नजरों में कुछ कंकर गए।

ख्वाब मंजिल के सजाकर रख दिए,
फिर से मंजिल क्यों खफा होकर गए।

क्यों अँधेरा आज घबरा सा गया,
रौशनी फैलाने खुद दिनकर गए।

शाम तन्हाई में गुजरी भी तो क्या,
आप यादों में हमें छूकर गए।

शोर खामोशी का तुमने कब सुना,
हम तो खामोशी में सब कहकर गए।

मोह तन मन धन का सब बेकार है,
सब 'भवानी' दौड़कर थक मर गए।

छुअन अत्याचार

सुना है छुअन अत्याचार का है
अत्याचार चतुर्दिक

जिधर नजरें घुमाओ
त्राहि–त्राहि है
अत्याधिक अत्याचार
महसूस करता
घृणित छुअन
अत्याचार पर
विकलांग मानसिकता
पंगु करती समाज हर प्रहर।
अबोध बालाओं के
त्रस्त तन–मन,
विचरण करते शिकारी
घृणित छुअनों से
वातावरण पीड़ित,
पृथ्वी का कण–कण दुखित
सुना है छुअन अत्याचार का है
अत्याचार चतुर्दिक।

करते हैं देवी पूजा
लगाते जयकारा फिर क्यों?
नरभक्षी करते विचरण
दूषित करते पवन
मासूमों ने ममत्व–पितृ छुअन
जाना क्षण–क्षण
शरीर ईश न लेता
अधिकार गैरों ने कैसे जाना?
आत्मा छोड़ जाती शरीर
फिर क्यों कोई छीना?
मानवरूपी भेष में पशुओं का
निरन्तर छुअन अत्याचार
सुना है छुअन अत्याचार का है
अत्याचार चतुर्दिक।

चिरनिंद्रा से उठो नर–नारी
आगाज करो विरोध
आह्वान करती हर बेटी
पुरुष–प्रकृति संग करो शोर
नई रोशनी से चलो दूर करते
काली छुअन अत्याचार की।

ट्विंकल कर्मकार

मुजफ्फरपुर, बिहार निवासी एम.ए. की छात्रा ट्विंकल की रचनायें विभिन्न पत्र–पत्रिकाओं एवं सोशल साइट्स पर निरंतर प्रकाशित होती हैं एवं अनेक प्रतियोगिताओं में इनकी रचनाएँ पुरस्कृत हो चुकी हैं।

आभासी दुनियाँ

इस आभासी दुनियाँ का अजब गजब हैं खेल,
फेसबुक, ट्विटर, व्हाट्सअप से चलता आजकल
आभासी प्रेम.....

क्षण में सूरत देखकर,
लिखकर भेज देते मुझे हैं तुमसे प्रेम,
सूरत के आगे लेते हैं लोग,
सीरत से नजर फेर,
चल पड़ता फिर कारवां,
आभासी प्रेम.....

फोटो देखकर गुम रहते हैं स्वप्नलोक में,
काश होती तनिक वास्तविकता इन आभासी प्रतिबिंब में,
दिन बिताते चैटिंग में, रिप्लाई में न करते देर,
सोना, जानू, बाबू नामों से, घंटों चलता रहता ये
आभासी प्रेम.....

देख मुस्कुराते मंद मंद बेटे को,
माँ पकड़े बैठी सिर हैं,
कोसती रहती हैं मन में,
बेटे को न जाने फँसा रखी,
कौन सी नागिन हैं
अपनों की सुध ना रहती इनको,
ना करते ये घरवालों से मेल
फिक्र नहीं इनको घर–बार की

बस करते रहते ये दिनभर मेल
दिन बीते इस प्रेम मोह में बिता पूरा साल,
आभासी प्रेम से जुड़कर, छूटा हर अपना यार,
नाते टूटे आसपास से, टूटा हर रिश्ता खास,
सिमट गई पूरी दुनिया उसकी,
मोबाइल और चार्जर के पास

फिर अचानक आयी विपत्ति,
तब पड़ी लोगों की याद
हजारो मित्र थे, फेसबुक पर,
पर आया ना कोई मदद को हाथ,
घंटो बिताये जिनके साथ,
बीते जिनके साथ पूरी रात
वो ना आये दुःख की घड़ी में
ना आये वो साथी,
ना खड़ा हुआ कोई पास,
अहसास हुआ फिर समझ आया आभासी प्रेम का जाल,
अपनों से बड़ा ना कोई,
ना कोई देता मुश्किल में साथ,

लेकिन फिर भी मनुष्य लगा हुआ हैं खेलने
आभासी प्रेम का खेल।

अभिषेक चौबे 'विमुक्त'

कोलकाता निवासी अभिषेक एक कंपनी में कार्यरत रहते हुए लेखन कार्य में निरंतर सक्रिय हैं।

ग़ज़ल

शहर के बाहर भी अपना मकान होगा,
जिन्दगी जीना शायद तब आसान होगा।

बातों को नहीं, मेरी ख़ामोशी को समझे,
शायद इस जहाँ में ऐसा कोई इंसान होगा।

नाम सुनकर मेरा, लोग मिसाले देंगे,
उम्मीद है अपना भी ऐसा मुकाम होगा।

कामयाबी होगी जब कदमों पर, उस वक्त,
आस पास हमेशा सुनने वाला कान होगा।

क्यों फक़त मंजिल की परवाह करते रहें हम,
सफर को भूलना मंजिल का अपमान होगा।

किसी के जाने से उदास नहीं होते 'विमुक्त',
कहीं न कहीं इस पंछी का आसमान होगा।

ग़ज़ल

किसी बात से मेरा दिल हैरान है क्या,
मेरी जिंदगी में उसका निशान है क्या?

अब की जो बिछड़े, करीब मत आना,
मेरे पागलपन को झेलना आसान है क्या?

न जाने क्या चल रहा है उसके जहन में,
भला वो शख़्स मुझसे अनजान है क्या?

मेरे ख्यालों में रहने लग गयी है वो,
ये दिल उसका जाती मकान है क्या?

उसे दूरियों का रिश्ता पसंद है या फिर,
वो ले रही मेरा कोई इम्तिहान है क्या?

जो तू सुनना चाहती है वही बोलता हूँ,
अब तुम्हारे बस में मेरी जबान है क्या?

शायर के साथ आशिक भी बुलाते है,
अब यही 'विमुक्त' की पहचान है क्या?

नीतू सिंह भदौरिया

डी.पी.एस. (कोलकाता) में शिक्षिका, हिंदी में पोस्ट ग्रेजुएट, बीएड, अनुवाद में पोस्टग्रेजुएट डिप्लोमा नीतू सिंह की छात्र जीवन से ही लेखन में रुचि रही है। उन्हें विद्यालय एवं कॉलेज में विभिन्न कार्यक्रमों में पुरस्कार मिल चुके हैं। वे सांस्कृतिक पुनःनिर्माण मिशन द्वारा आयोजित हिंदी मेला कोलकाता 2017–2018 में रचनात्मक लेखन के लिए युवा शिखर सम्मान से पुरस्कृत हो चुकी हैं तथा राष्ट्रीय कवि संगम (पश्चिमी बंगाल) द्वारा सारस्वत सम्मान से सम्मानित हुयी हैं।

एक तारा नहीं है

एक तारा नहीं है
इस निरभ्र आसमां में,
जहाँ तेरा इंतजार करती हूँ।

इन काली घटाओं को
अनिमेष तकती,
न जाने कितने तारे तैयार करती हूँ।

तारीख गिनती
उँगलियों पर,
एक एक दिन को हजार करती हूँ।

मुरझा गए फूल
प्रेम–उपवन के,
मैं मुस्कुरा कर बाहर करती हूँ।

हृदय के पंख लगाकर
उड़ जाती हूँ
मिलन की लालसा साकार करती हूँ।

यूं ही तो नहीं

यूं ही तो नहीं,
बेवजह याद आते हो तुम
कोई तो वजह होगी,
आँखों से बहकर,
होंठों को छूकर,
जमीं पर उतर जाते हो
यादों से भरा फलक दे जाते हो
यूं ही तो नहीं,
पेड़ो के झुरमुट के पीछे,
ढलती पिंगल सांझ के नीचे,
उदासी का सबब दे जाते हो।

यूं ही तो नहीं,
क्षितिज पर खड़े,
प्रेम पुष्प पुलकित कर,
साधना स्वर में,
कर्म–पथ पर ले जाते हो
यूं ही तो नहीं,
कोई तो वजह होगी।

रजनी खेत्रपाल

रजनी खेत्रपाल अम्बाला (हरियाणा) की रहने वाली हैं और लेखन कार्य से कुछ सालों से जुड़ी हुई हैं। 'मास्टर्स ऑफ आर्ट' की शिक्षा प्राप्त रजनी जी एक शिक्षिका हैं। अपनी कॉलेज की पढाई पूरी करते समय इन्हें साहित्य से जुड़ाव महसूस होने लगा और देखते ही देखते कब साहित्य ने इन्हें और इन्होनें साहित्य को पूरी तरह अपना लिया। उन्हें प्रकृति से बेहद प्रेम है और लेखन कार्य भी ये 'प्रकृति' के नाम से ही करती हैं। सदैव मुस्कुराती रहने वाली और जिंदादिल रजनी जी पारिवारिक मूल्यों में बहुत ही दृढ़ता से विश्वास रखती हैं। रजनी जी एक अच्छी गायिका भी हैं।

जिंदगी का गणित

जिंदगी का गणित
कितना कठिन
जटिलताओं की थिओरम
जहाँ
अ की शक्ति. ब की शक्ति = स की शक्ति
लाभ–हानि य दूरी समय कर्म इत्यादि
सूत्रों में बंधी सी
नियम याद रख बढ़ते चलो
6 का 6 ही 9 नहीं चलेगा
कायदों के रेखागणित में
विवेकपूर्ण रेखाऐं ही खींचनी होंगी
आकृतियों का आयतन
हाँ मुश्किल तो है थोड़ी
उन्नीस के पहाड़े सी
बिसात बना इसे बहुत चालें चली
कभी मोहरे बन हताश हुए
कभी प्यादे बन रणनीति चलाई
जीत अंहकार बनी
हार सबक बनी
रहस्यमय जाल, षडयंत्र, आशंकाएँ
इनसे बाहर ही वास्तविक जिंदगी है
और सच कहूँ तो
दूसरा कोई विकल्प है ही नहीं
'सुकून का बसेरा ऐसे कभी नहीं मिलेगा।'

हर मोड़ पर

हर मोड़ पर दुशासन और कर्ण का पहरा मिला,
राम और कृष्ण को ढूँढती हैं गलियाँ मेरी।

इक दौर था जब क्रौंच विरह ने रच दिया महाकाव्य था,
न व्यास है न वाल्मीकि आँसुओं से नम हैं गलियाँ मेरी।

फिर मोमबत्तियाँ जलाएँगें और रोष को प्रकटाएँगे,
फिर धीरे–धीरे अपने किरदार निभाएँगी गलियाँ मेरी।

ये देवी है कानून की चुपचाप पट्टी बाँधे हुए,
इंसाफ कहाँ कर पाएँगी संविधान की गलियाँ मेरी।

क्या हुआ जो आहत और शर्मसार हुई इंसानियत
इन बेगैरत घटनाओं की आदी हुई गलियाँ मेरी।

नीरजा

लखनऊ निवासी इतिहास की प्रवक्ता नीरजा को कविता लेखन में बचपन से ही रूचि हैं।

अस्तित्व तेरा मिट जाएगा

वन वन भटकूँ तेरी खातिर
कहीं न मुझको दिखता है
कोई कहता धाम है मक्का
कोई कैलाश बताता है

माला लेकर फिरता रहता
तनिक भूल न करता हूँ
फिर भी मुझको तू न दिखता
राह तेरी मैं तकता हूँ

कहाँ छिपा तू किसके भीतर
कोई तो बता दे तेरा हुलिया
कोई कहता सूली पर लटका
कोई कहे तुझे छलिया

कोई कहता तुझे जगदीश्वर
कोई अल्लाह बताता है
गिरजाघर में जाकर देखा
ईसा मसीह कहलाता है

कोई रोजे रख तुझे लुभाता
कोई नवरात्र मनाता है
लोहड़ी मना के कोई हर्षाए
कोई नौरोज मनाता है

अनेक हैं तेरे रूप हे ईश्वर
पर मुझको क्यूँ दिखता न
पूजा तेरी मैं रोज ही करता
पर आवाज क्यूँ सुनता न

सच में यदि अस्तित्व जो तेरा
तो क्यूँ आपदाएँ आती हैं
होती क्यूँ दुर्घटनाएँ भीषण
क्यूँ सभ्यताएँ मिटती हैं

सन्तानें है तेरी ही जब सब
फिर आपस में क्यूँ लड़ते हैं
सम्प्रदाय की आग में जलकर
लाखों घर क्यूँ उजड़ते हैं

जेहादी नारे फैलाकर
क्यूँ लाल तेरे उन्माद फैलाते हैं
लेकर धर्म की आड़ को नेता
जनता को गुमराह क्यूँ करते हैं

यदि सच में तू है कहीं पे बैठा
आकर मुझे बस इतना बतला दे
एक रहें सब मिल जुल होकर
ऐसी कोई राह हो तो समझा दे

क्यूँ तरसता है कोई निवाले
कोई राजभोग लगाता है
कैसी तेरी दुनिया निष्ठुर
आँख मूँद तू सोता है

दर्द नहीं जो तेरे भीतर
कैसे पिता कहलाता है
कैसे तेरे घर के अन्दर
भूखा बालक सोता है

उठ अब तो आँखें खोल तू अपनी
कब तक तू यूँ झूठी आस दिलाएगा
क्या तू तब ही जागेगा
जब अस्तित्व तेरा मिट जाएगा।

अभिषेक पाण्डेय

कोलकाता में रहने वाले अभिषेक पाण्डेय का जन्म झारखण्ड के देवघर में एक हिन्दी भाषी परिवार में हुआ। उनकी रूचि बचपन से ही अंग्रेजी में होने के बावजूद मातृभाषा हिन्दी के प्रति उनका विशेष रुझान रहा है। बच्चों को पढ़ाकर ज्ञान देना उन्हें अच्छा लगता है। वे कोलकाता विश्वविद्यालय से अपनी अंग्रेजी में स्नातक की शिक्षा ग्रहण कर रहे हैं। वे आगे शिक्षण के क्षेत्र में ही कार्यरत रहना चाहते हैं और इसके लिए वे गैरसरकारी शिक्षण संस्थओं से भी जुड़े हुए हैं। उनके अनुसार कविता लिखना उनकी पिछले 3 वर्षों से आदत बन गयी है।

इंसान

मैं एक इंसान हूँ,
थोड़ी सी ईमान मुझमें,
ज्यादा मैं बेईमान हूँ,
क्योंकि मैं इंसान हूँ।

इस जग की परवाह नहीं,
निज स्वार्थ पर कुर्बान हूँ
लाख बुराई है मुझमें,
निज पर करता अभिमान हूँ
क्योंकि मैं इंसान हूँ।

जीवों पर न दया है करूँ,
बस अपने लिए परेशान हूँ
नष्ट करूँ अपना घर फिर भी,
खुद को समझता महान हूँ
क्योंकि मैं इंसान हूँ।

सबसे बड़ा अबोध हूँ मैं,
मूढ़ हूँ, अज्ञान हूँ
गलतियों का पुतला हूँ,
इंसानियत से अनजान हूँ
फिर भी मैं इंसान हूँ।

सैनिक की माँ

मत रोना माँ,
जब मैं वापस लौट के घर ना आऊंगा,
रक्षा करते हुए वतन की, सीमा पर सो जाऊँगा।

मत रोना माँ,
जब सीमा पर मुझ पर गोलियाँ बरसेगी,
मुझे देखने खातिर पल–पल तेरी आँखें तरसेगी।

मत रोना माँ,
उस पल भी जब याद तुझे मेरी आएगी,
याद करोगी जो मुझको, यादें तुमको तड़पाएगी।

क्यों रोती हो माँ?
सोचो तुमने एक वीर को जन्म दिया,
जन्म मुझे दे तुमने भी तो राष्ट्रहित का कर्म किया
फिर से जन्म लूँ इसी धरा पर,
मुझको दो माँ यह आशीष
राष्ट्र की सेवा फिर से करूँ मैं,
चढ़ा राष्ट्र को अपना शीश
प्रेम से मुझको विदा करो माँ,
हँसते हुए मुझे जाने दो,
फिर से लड़ूंगा अगले जन्म में,
अब फिलहाल सो जाने दो।

आँखी दास

कोलकाता में जन्मी आँखी दास का साहित्य में पहला प्रयास है। स्कूल में साहित्यिक अनुष्ठानों में अधिक रूचि होने के कारण उन्हें हाउस प्रीफेक्ट बनाया गया। वे कई कवि सम्मेलनों में सक्रिय प्रतिभागी रह चुकी है एवं कॉलेज के दिनों में भी विभिन्न प्रतियोगितायों के काव्य आवृत्ति में विजयिनी रह चुकी है। स्वभाव से बेहद मस्तमौजी और हँसमुख है। वे हरिवंश राय बच्चन को प्रेरणा स्रोत मानती है और उनकी तरह प्रतिभाशाली कलमकार बनना चाहती है।

बंदिश

वह मजबूरी ही क्या जो मजबूर को महंगी न पड़े
वह कमी ही क्या जो इंसान को कमजोर न करे
आदत है इस अदब की
अब अनजान नहीं है इस अनदेखेपन की
जिस मुस्कान की लोग देते है दाद
उन्हें क्या पता
उसके भीतर है टूटे बिखरे कितने ही ख्वाब
आसमान में तारे भी तो कम नहीं
अंधेरे में ढूँढ़ते है जिंदगी कही
दिख जाए कोई टूटता तारा
अरमान लेकर बैठा है कोई यहां
अजीम कीमत है उस शख्स की
जिसे हिम्मत है भीड़ से हटकर जीने की
जैसे लाखो तारो से अलग पहचान है 'ध्रुव' की।
उसके किस्मत की जो यह गर्दिश
जिससे उपजकर बनता है यह बंदिश
तकलीफे सींचकर जब लफ्जों की कीमत मिलती है
तब कही औरों की जुबान से 'वाह' निकलती है।
जब खुदा ने दी जनाजे की फरमाईश
कितने ही रंग बदलते लोग इकट्ठे है देखने यह नुमाईश
जिन्होंने कभी खुद तोड़ा था
उसका भरोसा उसका मन
आज वही सर झुकाए खड़े है
करके अपनी आँखे नम
वह मरकर भी मुस्कुराता रहा

जीवन के मजबूरियों, कमियों और अनदेखेपन को झेलता रहा
बेअसर अपनी जिंदगी अपने हिसाब से जीता रहा
खुदा भी ऐसे शख्सियतों को सलाम करता रहा
वह मरकर भी मुस्कुराता रहा।

शोर बहुत है

शोर बहुत है आज इस शहर में
शांत बैठे कुछ बच्चे एकटक
देख रहे आसमान में
नजरें उनकी टिकी है
उन रंगीन आकृतियों में
इस बात से बेखबर
क्यों यह शहर मनाता जश्न?
किस खुशी मे?
धुएँ से भरी यह धुंधली रात
मुश्किल से साँसे लेने में आतुर वह नवजात
दिनभर जी तोड़ मेहनत के बाद भी
नसीब नहीं हुई सोने के लिए एक सुकून की रात
शोर बहुत है आज इस शहर में
आधी अधूरी नींद में कल फिर निकलना है
किसी को कुली बनना है
किसी को मजदूर बनना है
साहबो ने फैलाए कचरे आज
कल फिर उन्हें साफ करना है।

अनुराधा कुमारी सिंह 'अनु'

कोलकाता के हावड़ा में जन्मी अनुराधा कुमारी सिंह 'अनु' की रूचि बचपन से ही हिन्दी में अत्यधिक है। कला से जुड़ी हर एक कार्य बहुत ही उत्साह के साथ करना इन्हें बेहद पसंद है। बचपन से ही कई प्रतियोगिताओं में भी ये हमेशा भाग लेती रही हैं। हिंदी साहित्य से लगाव के कारण एम.ए. की पढ़ाई भी हिंदी से ही कर रही है। उनके अनुसार कविता लिखना और उसे लयबद्ध गाकर सुनाना उन्हें बहुत पसंद है इसके अलावा गजल, छंद लिखना भी इन्हें पसंद है इन्होंने कक्षा आठवीं से ही कविता लिखना आरंभ किया था।

आगे एक अच्छी लेखिका और हिंदी की शिक्षिका बनना ही इनका लक्ष्य है। वर्तमान में अनुराधा खुद की आगे की पढाई पूरी कर रही है और साथ ही साथ बच्चो को ट्यूशन भी पढ़ाती है।

हां, मैं नारी हूँ

हां, मैं नारी हूँ
दबी हुई आवाज नहीं
सुलगती चिंगारी हूँ
हां मैं नारी हूँ
मैं अबला और लाचार नहीं
रखती अंदर खुद्दारी हूँ
हां मैं नारी हूँ
इस पुरूष प्रधान जमाने में
सम्मानों की अधिकारी हूँ
हां मैं नारी हूँ
जब प्रेम की वीणा बजे कहीं
बन प्रीत प्रेम सी त्रिवेणी
पर क्रोध बढ़े जब दैत्यों पर
भक्षण करती मैं काली हूँ
हां मैं नारी हूँ
पुरुषों की इस नगरी में
फिर से पुरुषों पर भारी हूँ
हां मैं नारी हूँ
मैं हिमालय तक पहुँच चुकी
हर खेल में अव्वल आती हूँ
मैं बेटी हूँ भारत माँ की
मैं तुरछी भाल कटारी हूँ
माँ हूँ गर अति कोमल हूँ
पुत्री हूँ गर अति चंचल हूँ
मैं सब रिश्तों की प्यारी हूं
हां मैं नारी हूँ
मैं स्वर्णिम युग की लेखिका
एक आशा की चिंगारी हूँ
मैं हूँ शोला मैं अग्निताप
मैं शीतल और सुकुमारी हूँ
हां मैं नारी हूँ
मैं चौखट पर जलती ज्योति हूँ
आंगन में फलती क्यारी हूँ
हां मै नारी हूँ
मैं कामदेव की रति भी हूँ
मैं दुर्गा की अवतारी हूँ
हां मैं नारी हूँ
हर ओर सुनीता विलियम्स हूँ
हर ओर साक्षी जिंदल हूँ
मैं साहस हूँ सिन्हा जी का
मैं ही भड़की झलकारी हूँ
हां मैं नारी हूँ
अपने भुजबल पर जीती हूँ
मैं जीने की अधिकारी हूँ
अपनी कलमों से लिख दे जो
भारत माँ की जयकारी हूँ
हाँ मैं नारी हूँ
मैं देश की उज्ज्वल भविष्य
हर एक दुश्मन पर भारी हूँ
हां मैं नारी हूँ।

वंदना माँ शारदे की

तुम्हें करती नमन हूँ माँ मुझे भी प्यार तू दे दे
मिटे तम जिन्दगी के माँ नया संचार तू दे दे।

लड़ूं हर एक मुश्किल से डरूं इक पल नहीं मैं माँ
मुझे आँचल का अपने भी जरा संसार तू दे दे।

बसूँ हर एक मन में मैं तुम्हारी स्वर की सरिता से,
मेरी वाणी में स्वर सरिता जरा झंकार तू दे दे।

चले हम नेक रस्ते पर मुझे माँ दे तू ये शक्ति,
तेरी भक्ति विराजे मन वही अशआर तू दे दे।

विराजों आके जिह्वा में तेरी आहवन करती हूँ,
बहे फिर प्रेम की धारा मुझे पतवार तू दे दे।

मधुर वाणी मिले मुझको सदा माँ तेरी रहमत से
मुझे ममता के आँचल का जरा घरवार तू दे दे।

कठिन चाहे डगर हो माँ तू मेरे साथ हो हरदम,
हटा राहो के काँटो को समाँ गुलजार तू दे दे।

छुए ना अब कोई दुश्मन हमारे सरजमी को माँ
मेरे अधरों पर हे माता वही तलवार तू दे दे।

करे माँ ये 'अनु' विनती हमारा देश हो आगे,
हमारे सरजमी को माँ गगन का हार तू दे दे।

रामशरन प्रजापति

जनपद बलिया, उ.प्र. में जन्में रामशरण प्रजापति वर्तमान में कोलकाता में स्नातक के छात्र हैं। लिखना पिछले कुछ वर्षों से शुरू किया है। कविता, लघुकथा, शायरी लिखते हैं।

अंकुरण

जो उठती हैं लहरें,
वे जल कर एक दिन राख होंगी
गुल खिलेगा उपवन में,
और जिन्दगी की एक नई शुरुआत होगी।

जो जमी है धूल किताबों पे,
एक दिन सब साफ होगी
जो आंगन सूखा है कवि का,
उसके एक दिन रवि की झलक होगी।

जो छूटे हैं साथ राहों में,
उन राहों मे कुछ छांव होगी
नैना जो तरसे हैं नीर के,
उनके एक दिन खुशी की बरसात होगी।

जो खोदे है गड्ढे शिद्दत से,
उनमें भी सावन की बूँद होगी
बीज सब धीरे–धीरे पकते जायेंगे,
और एक दिन फिर जमघट की रात होगी।

जो हंसते है जमाने वाले,
उनकी भी निगरानी होगी
हम खुदा के बन्दे है,
हमारी चीखों में ईलाही की पुकार होगी।

जो भरे हैं दिल में भाव,
उनके लिए भी दरिया की राह होगी
तू बस रूह से इबादत किये जा,
आंख उठेगी तो खुदा से बात होगी।

जो चीखते हैं सन्नाटो रो–रो पत्तें,
उनके लिए भी किसी शाख की बात होगी
कभी–कभी खामोशी को ही इशारा समझ,
क्या पता कब परवरदिगार की ताक होगी।

जो अंधियो में टूटे हैं छत,
उसपे भी अदृश्य एक कृपा होगी
लोग कहेंगे तूझे पागल निराश,
खैर शीत के बाद ही बसंत की आहट होगी।

रश्मि सक्सेना

शाहजहाँपुर, उत्तर प्रदेश में रहने वाली रश्मि सक्सेना स्नातकोत्तर, बी.एड. व बी.टी.सी. की डिग्री के बाद बेसिक शिक्षा विभाग में जूनियर हाई स्कूल में अध्यापिका हैं। हिंदी साहित्य पढ़ने में हमेशा से रुचि रही है। पिछले दो सालों से लेखन कार्य से जुड़ी हैं। कविताएँ लिखने में रुचि है। इनका कहना है जब भी कोई घटना दृश्य कहीं अंदर तक छू जाए, वेदना से भर दे अथवा खूबसूरती हृदय में उतर जाए तब लेखन सबसे सशक्त माध्यम है उसके प्रति मन के भाव व्यक्त करने का। साहित्य में समाज को सही दिशा प्रदान करने की शक्ति होनी आवश्यक है।

गीत

सोचते हैं ये जिन्दगी इधर जाएगी
जहाँ जाना नहीं है ये उधर जाएगी

ढोये जाते हैं कांधों पे जनाजे यहाँ
जिंदा जिस्मों को पूछे न कोई यहाँ
गुरबत ये दिलों की किधर जाएगी
जहाँ जाना नहीं है ये उधर जाएगी

मर गयी आज फिर वो खा के जहर
जिस्म नोचा गया जिसका आठों पहर
दास्ताँ उसकी अब सुधर जाएगी
जहाँ जाना नहीं है ये उधर जाएगी

रास्ते खो गए मंजिलें लापता
बुझ रहा इक दीया काँपता काँपता
ना–खुदा है चला कश्ती जिधर जाएगी
जहाँ जाना नहीं ये उधर जाएगी

सोने चाँदी के सिक्कों की बुनियाद पर
रूह चुनती गयी शोहरतों के नाम पर
मौत होकर वहाँ से भी गुजर जाएगी
जहाँ जाना नहीं है ये उधर जाएगी।

तारीख

सिमटी हुई त्वचा के नीचे
दरकती हड्डियों के बीच
अब महज शेष बची हैं
तारीखों की अनगिनत कहानियाँ

तैयार की हैं जिन्होंने
ख्वाबों की ऊँची इमारतें और फिर
भरे हैं उनमें अपनी कल्पनाओं के रंग
तपते मरुस्थल में उगाई है
नर्म मुलायम अहसासों की दूब
चलकर अँधेरी पगडंडियों पर
उतारे हैं दरिया की गहराई में
वर्षो, कई सूरज
दुखों की न जाने कितनी
चट्टानों को काटकर
तैयार किये हैं
सुखों के लिए साफ सुथरे मार्ग

खेतों को बदलते देखा
कंक्रीटों के जंगल में
हरे भरे नीम को बूढ़ा होते देखा है
देखी हैं पीले बसंत के
गालों पर झुर्रियाँ
फागुन के हाथों को टेकते लाठियां
सावन की बदलियों को
आँखों से बरसते
अमावस को पूनम में बदलते
देखा है दिनों को चढ़ते
महीनों को संवरते

वर्षो को युग बनते, परंतु
कब खुद मिटती हैं,
मिटा देती हैं
सभ्यताओं के मानचित्रों को,
डुबो डुबो कर
शताब्दियों के गहरे
समुंदर की गर्त में

गुजरती नहीं खुद कभी भी,
बल्कि गुजार देती हैं
घड़ियों की काँपती सुईयों की
पटरियों पर
पेंडुलम की धड़धड़ाती रेलगाड़ियां
दीवार के सहारे लटके लटके ही,
लटका देती हैं सत्ताओं को
खाली पड़ी कब्र के अँधे कुओं में,

जिन्दगी के हाईवे पर
पास होते रहते हैं
हम सब एक के बाद एक
जमी रहती हैं वहीं
माइल स्टोन की भाँति तारीखें
क्योंकि
वक्त के संविधान में
अपनी निराली ही
रवायतें चलती हैं
तारीखों की.........

जूही गुप्ते

जूही गुप्ते, पुणे की एक जानी मानी आईटी कंपनी में सह–प्रबंधक (मानव संसाधन) के पद पर कार्यरत है। हिंदी और अंग्रेजी में समान रूप से लेखन, कविता के संसार से विशेष लगाव, काव्य के लुप्त हो चले प्रकारों को आज के पाठकों को बीच लाने के लिए प्रयासरत। कह मुकरी और दोहावली जैसे मात्रिक छंदों में विशेष रूचि। भारतीय सांकेतिक भाषा की कुशल जानकार एवं श्रवण–बाधितों की दुभाषिये–रूपी सहायक स्वयं सेविका भी हैं।

काव्य और इतिहास

'मछली जल की', 'चाँद कटोरी'
मीठी बोली, थपकी–लोरी
बेफिक्र नींद सुलाने वाला था
काव्य,
बचपन चहकाने वाला

थके प्रश्न को, रुके युद्ध को
मोह के आगे, झुके सिद्ध को
गीता पाठ पढ़ाने वाला
और काव्य, रश्मि रथ चढ़ जाने
वाला

पाना जिसको रामरतन
प्रेम–प्यास, बिसरे तन–मन
आर्तस्वर में गाने वाला है काव्य,
साँवले में समाने वाला

द्रुत–दामिनी सी इक रानी का
उस मिट्टी का, उस पानी का
शौर्य याद दिलाने वाला हूँ काव्य,
युग–दीपक जलाने वाला

प्यारे छूटे, प्याले टूटे
यहीं कहीं पर बैठे–बैठे
'मधुशाला' पहुँचाने वाला
वही काव्य, 'अग्निपथ' सजाने
वाला

मैं निर्मल स्वाद के
होने वाले क्रांति–नाद के
आज बीज बो जानेवाला
मैं काव्य
कल, इतिहास कहलाने वाला।

मैं हिंदी

अवध का दृढ़–वचन, 'मैं हिंदी'
ब्रज वेणु सम्मोहन, 'मैं हिंदी'
चिर शाश्वत उद्‌बोधन, 'मैं हिंदी'
भारत युग दर्पण, 'मैं हिंदी'

कबीर–दुहाई, 'मैं हिंदी'
तुलसी–चौपाई, 'मैं हिंदी'
सुर की दृष्टि, 'मैं हिंदी'
मीरा की भक्ति, 'मैं हिंदी'

राणा की ललकार, 'मैं हिंदी'
झाँसी की तलवार, 'मैं हिंदी'
प्रथम शांति संवाद, 'मैं हिंदी'
स्वराज शंखनाद, 'मैं हिंदी'

'खुसरो' की पहेली, 'मैं हिंदी'
'भूषण' की शैली, 'मैं हिंदी'
'दिनकर' का धर्म, 'मैं हिंदी'
'महादेवी' का मर्म, 'मैं हिंदी'

लखनवी ठाट, 'मैं हिंदी'
हरियाणवी बात, 'मैं हिंदी'
स्वाद और त्यौहार, 'मैं हिंदी'
अतिथि सत्कार, 'मैं हिंदी'

मिथिला से काशी, 'मैं हिंदी'
जयपुर से राँची, 'मैं हिंदी'
असंख्य शब्द कोष, 'मैं हिंदी'
एकता उद्‌घोष, 'मैं हिंदी'

विनम्र निवेदन, 'मैं हिंदी'
सात्विक संवेदन, 'मैं हिंदी'
नित भांतिप्रकार, 'मैं हिंदी'
परिवर्तन के अनुसार, 'मैं हिंदी'

गंगा का विस्तार, 'मैं हिंदी'
हिम–शिखर श्रृंगार, 'मैं हिंदी'
प्रखर अस्मिता, 'मैं हिंदी'
सम्मुज्वला सविता, 'मैं हिंदी'

उन्नत पथ साथी, 'मैं हिंदी'
आत्म–विश्वास बढ़ाती 'मैं हिंदी'
हूँ गर्वित इतिहास, 'मैं हिंदी'
सतत सुगम विकास, 'मैं हिंदी'।

शैलेश गुप्ता

शैलेश गुप्ता वर्तमान में केंद्रीय प्रतिष्ठान दामोदर घाटी निगम के मुख्यालय, कोलकता में अधीक्षण अभियंता के पद पर कार्यरत हैं और मूलतः अयोध्या, उत्तर प्रदेश के रहने वाले हैं। इनका एक कविता संग्रह 'नेह के उपमान' प्रकाशित हो चुका है। और अब तक कई साझा संग्रहों में इनकी रचनाएँ प्रकाशित हो चुकी हैं। विभिन्न काव्य समूहों द्वारा इन्हें पुरस्कृत भी किया गया है।

ग़ज़ल

तू न पास हो, तो बुरा लगे,
तू उदास हो, तो बुरा लगे।

दो घड़ी न तुझसे जो बात हो,
मेरी रूह मुझसे जुदा लगे।

ये कमाल भी तो खुदा का है,
तू मिला मुझे तो खुदा लगे।

यही सोच के था मैं चुप रहा,
तुझे मैं कहूँ, तुझे क्या लगे।

तेरे सुर्ख लब पे खामोशियाँ,
मेरी जिंदगी की दुआ लगे।

काश, तुम मिल जाओ

काश, तुम मिल जाओ एक बार
फिर बताऊंगा तुम्हें
मेरे किन किन ख्वाबों की
पतंगों को
बाँध रखा है तुमने,
अपने काजल की डोर से........

और... मेरी किन किन
गजलों के आबशारों को
मिली है रफ्तार,
तुम्हारी पायल की झँकार से......

कौन कौन सी मेरी
आवारा ख्वाहिशें,
उलझा रखी हैं तुमने
बादलों की तरह
अपनी जुल्फों के साये में.......

और..... मेरे किन किन
अरमानों की मदिरा
छलकती है,
तुम्हारे अंगों के प्यालों से.......
निशब्द.... !

मेरी किन किन
मन्नतों की आयतें
लिखी हुई हैं,
तुम्हारी हथेलियों की
सुर्ख हिना में........

बीते हुए किन किन
माजी के लम्हों की
प्यासी रूह की खुशबू
छन छन के आती है,
तुम्हारे पैरहन से.......

एक बात तो तय है.......
मुकर्रर है,
मेरी तुम्हारी मुलाकात
सदियों से.......

अब देखना ये है कि.....
कब मिलती हो तुम मुझसे?

इसी जनम में
या फिर आने वाले
किसी और जनम में.......

साक्षी गुप्ता

राजस्थान में पली–बढ़ी लेखिका साक्षी गुप्ता उर्दू, हिन्दी और अंग्रेजी में लिखना पसंद करती हैं। इन्होंने अपनी कलम से समाज में नारी की स्थिति पर तीखे व्यंग्य कसे है। इनकी रचनाओ में विद्रोह का स्वर दिखाई देता हैं।

साक्षी फिलहाल वनस्थली विद्यापीठ से मनोविज्ञान, हिन्दी एंव अंग्रेजी साहित्य में स्नातक कर रही हैं। साक्षी का मानना है कि साहित्य सृजन के लिए किसी साँचे की नही अपितु भावों की सहज अभिव्यक्ति आवश्यक है। साहित्य के माध्यम से ही समाज में परिवर्तन लाया जा सकता हैं।

महफिल थी शायरी की

महफिल थी शायरी की
हम अल्फ़ाज़ों की दौड़ में थे
वो बड़े इत्मीनान से सबके बीच आई
और रुख से नकाब हटा दिया

पूरी महफिल में वाह–वाह होने लगी
आज हुस्न की मयकशी के आगे
मदिरा सर झुकाए खड़ी थी
खैर, हमारे जब्त की इंतेहा हुई
और मैने नजरें उठाकर उसकी ओर देखा
उसे देखकर लगा
मानो मेरी सबसे खूबसूरत ग़ज़ल
शर्मा गई हो
मानो लफ़्ज़ों के इस खेल में
हम सब अभी दुधभत्ते हो
और हुनरमंद
सिर्फ वो एक
मानो उस फलक के
कारीगर ने
आज इस कायनात की
सबसे सुंदर कविता
रच दी हो
उसे देखा तो लगा
जैसै कविता अल्फ़ाज़ों के बगैर
भी हो सकती हैं

जैसे ग़ज़लो को कभी हर्फ की
जरुरत ही ना थी
जैसे खुदा के हाथ किसी
कलम का तकाजा नहीं करते
तकाजा करते हैं तो उन
अहसासों और जज्बातों का
जो किसी पत्थर में
जान फूँकने की काबिलियत रखते हो
जो किसी रुह को
हसीन बना सकने की जादूगरी
अपनी उंगुलियों की जुम्बिश की नजाकत से
पूरी कर सकते हो
सोचता हूँ,
जिसकी कारीगरी इतनी बेमिसाल हैं,
वो कलाकार
कितना हसीन होगा।
अर्ज हैं
'दिल ताजमहल पर हारा हैं, इश्क शाहजहाँ से करना
चाहता हूँ
ए परवरदिगार
इंसान हूँ, लालची हूँ, अब मैं तुझ तक पहुँचना चाहता हूँ।

पूनम त्रिपाठी

कोलकाता में जन्मी पूनम त्रिपाठी बचपन से ही कुछ न कुछ लिखना शौक था, जो धीरे धीरे परिपक्व लेखन में बदल गया। काव्य लेखन के लिए पहली बार कोलकाता के ही सेंट जेवियर कॉलेज से इन्हें पुरस्कृत किया गया था। आज देश के विभिन्न पत्र पत्रिकाओं में लगातार इनकी रचना प्रकाशित हो रही है। विभिन्न साझा संग्रह (साहित्य उदय, नारी काव्य संग्रह, नए पल्लव, भारत के युवा कवि एवं कवयित्री आदि) में इनकी रचनाओं को स्थान मिला है। इनके लेखन की विधा है– काव्य, कथा, निबंध, समीक्षा आदि।

अपने लेखन के लिए इन्हें बहुत सारे पुरस्कार भी प्राप्त हुए हैं– साहित्य शिखर सम्मान, नारी सागर सम्मान, श्रेष्ठ शब्द शिल्पी सम्मान, काव्य श्री सम्मान, हिन्दी सागर सम्मान आदि प्राप्त हुआ है।

इनके द्वारा लिखे हुए कई सारे गीतों को आकाशवाणी के प्रसिद्ध गायक श्री यतीन्द्र गोविल ने अपने स्वर से सुसज्जित किया है।

न हूँ रचनाकार

मैं न हूँ कोई कवयित्री,
न हूँ रचनाकार
मेरी लेखनी से फूटते हैं,
मेरे दग्ध हृदय उद्गार
मुझको कितना तोड़ोगे,
मैं पहले से ही बिखरी हूँ
अपमान, उपेक्षा, विषाद छिपाए,
हँस–हँस कर मैं निखरी हूँ
माना ज्वाला है मेरे अंदर,
पर न उसे जलाऊँगी
तू जल, जितना जलना है तुझे,
मैं अपनी आहुति चढ़ाऊंगी
जीवन तुझको बहुत जिया,
पर और न अब सह पाऊँगी
मैं ना हूँ कोई जादूगर,
ना हूँ कोई फनकार
अलंकार और छंदहीन
सिर्फ भावों का भंडार
मैं ना हूँ कोई कवयित्री,
न हूँ रचनाकार।

जख्मी दिल

हँस–हँस कर सबकी नजरों से,
दर्द छुपाना सीख लिया
टूटे हुए जख्मी दिल को,
अब बहलाना सीख लिया।

छन्न से तोड़ा था समझकर,
दिल को खिलौना काँच का
उफ, उन जख्मों की लड़ी को,
मैंने पिरोना सीख लिया।

मुद्दते बीती मगर तुमसे,
मोहब्बत न कभी
ये और है कि अब तुझे,
नफरत दिखाना सीख लिया।

छीन न पाए कोई,
फूलों से उनकी खुशबुएँ
इसलिए तो अब गुलसितां में,
नकली फूल लगाना सीख लिया।

किस तरह बहते थे बेसुध,
तेरे दरिया–ए–इश्क में,
तन्हाइयों के इस भँवर में,
खुद को बचाना सीख लिया।

भारती विकास

बिलासपुर (छतीसगढ़) में जन्मी वर्तमान में जमशेदपुर निवासी भारती विकास एम.कॉम., एम.ए. (हिंदी), बी.एड. शिक्षित हैं। इन्हें लिखना, पढ़ना और पढ़ाना बहुत अच्छा लगता है। जीवन की कई अच्छी–बुरी बातों को देख देख कर लिखने का शौक पैदा हो गया।

अपने रिश्ते

नींव जो मजबूत होवे तो कोई हिला ना पाए,
प्रेम से जो सींचें तो हर रिश्ता मजबूत हो जाए
विश्वास, प्रेम से बंधी है डोर,
रिश्तों को न उलझनों में मोड़।

रिश्तों से जुड़ी अपनी पहचान,
रिश्तों से जुड़ा सारा जहान।
होते हैं नाजुक रखना इनका ख्याल,
पैसा, अभिमान ना आड़े आए,
रखना इसको ऐसे सजाए।

निश्चल प्रेम से बने हो रिश्ते,
प्रेम–सम्मान के हो रिश्ते,
जरूरत में सिर्फ याद ना आए,
दिल में मधुरता लिए चलते जाए।

रिश्तो से ही इंसान अमीर कहलाए,
क्यों इंसान कि ये समझ ना आए
रिश्तो में ही है अपनी असली शान,
रिश्तो से ही है जीवन खुशहाल।

रूठे जो कोई रिश्ता तो,
झट से उसको ले थाम,
मिलते हैं किस्मत से रिश्ते,
इसको तू ले मान।

दिल के अंधेरों को है मिटाते,
अकेलेपन को दूर कराते,
दिल के बड़े करीब है रिश्तें,
लेकिन कभी–कभी क्यों,
बहरे गूंगे बन जाते रिश्ते।

आज का दौर

अपना ली जो आधुनिकता,
दौड़ में मिलना ही था
जीवन कितना सरल बना,
स्वयं ही पेचीदा बना।

मशीन की भांति चलते गए,
फुरसत के पल खलते गए
आधुनिकता को वरदान कहें या
कहें अभिशाप,
मशीनों बिन अब जीवन,
चलना हुआ बड़ा दुशवार
आदी हुए हम सब इस कदर,
इक पल चले न अपनी बसर
जबसे आए स्मार्ट ये फोन,
नजदीक हैं फिर भी खड़े है मौन।

दूरी की खाई को हमने तोड़ा,
नजदीक के रिश्तों से मुह मोड़ा
ऑनलाइन जुड़े नए ये रिश्ते,
सगी बहन, माँ संग बैठे बीते हफ्ते।
आधुनिकता के चलते कपड़ों,
फैशन में भूचाल यह आया,
पहचान भी ना होए नर है
या है मादा।

इन सब के आदी हो गए हम
फैशन में ऐसे खो गए हम
माना मॉडर्न जरुरी है बनना
अपनी मर्यादा भी है समझना
बस मशीनों की आदत
ऐसी न पड़ जाए
शारीरिक श्रम
तनिक भी न कर पाए
मशीनों ने हमारा समय है बचाया
सब क्रियाओं को
आसान है बनाया
यही है इसकी अद्भुत माया।

परंपरा, संस्कृति का रखें ख्याल
भारतीयता की यही पहचान।

www.ingramcontent.com/pod-product-compliance
Lightning Source LLC
LaVergne TN
LVHW010941051026
849532LV00003B/1086
* 9 7 8 9 3 8 8 3 6 5 1 4 7 *